헤르만 헤세, 여름

"여름,

어른이 다시 아이가 되고

삶이 다시 기적이 되는 계절"

일러두기
이 번역서의 원문 중 산문들은 제목이 따로 없어서 역자가 내용을 고려하여 임의로
제목을 달았습니다.

Herman Hesse

헤르만 헤세, 여름

헤르만 헤세 지음 / 두행숙 옮김

Sommer

마인드큐브

이 여름, 모든 것이 아름답고 모든 것이 반갑다

최윤영 / 서울대학교 독문과 교수, 한국헤세학회 회장

정원 울타리에 몸을 펴 기대고

여름의 소리에 네 마음을 기울여 보라!

부르지 않아도 날은 다가오니

처음 낫으로 베는 소리가 사각거린다

(헤르만 헤세, 「칠월」에서)

헤르만 헤세의 여름에 대한 글을 읽다보면 한편으로는 우리는 헤세의 싱그럽고 청명한 여름풍경을 알게 되지만 다른 한편으로는 그를 통해 우리가 잃은 것이 무엇인지, 우리가 잊은 것이 무엇인지를 깨닫게 된다. 그것도 아주 우리 곁에 가까이 있었던 것, 바로 자연이다. 지금 여름 하면 우리에게 생각나는 것이 무엇인가? 뜨거운 태양, 화려한 해변, 해외여행…… 그게 정말 내가 원하는 것일까? 그게 정말 내가 여름에 느끼고 알고 싶고 생각하고 싶은 것일까? 화려한 여름 뒤에 우리는 다시 시멘트와 콘크리트 그리고 매스미디어와 컴퓨터로 돌아온다. 우리는 정말 타인이 욕망하는 것을 욕망하게만 길들여져 가고 있는 것은 아닐지?

얼마 전까지만 해도 우리의 아주 가까이에 나무도, 풀도,

흙도, 샘도, 시내도 있었다. 바로 옆에 살아 있는 숨쉬는 자연이 있었다. 그러나 우리는 도시의 콘크리트와 편리함을 선택했고, 하루에 한 번도 땅을 디디어보지 않은 채, 한 번도 나무, 숲, 하늘, 태양을 보지 않은 채 보내는 나날들을 점점 많이 쌓고 있다. 그리고 매일 바쁘다는 이유로 삶을 열심히 살고 있다고 생각한다. 그러다가 문득 뭔가 중요한 것을 잊고 사는 것이 아닌가, 그게 무엇이었지 하고 자문하곤 한다.

한국에서 헤세를 꾸준히 읽도록 만드는 게 무엇인가를 생각해본 적이 있다. 그의 문학이 보여주는 자연과 삶의 관계가 아닐까 생각해본다. 우리의 옛 문학들 모두 항시 자연을 노래하지 않았던가. 즐거울 때, 슬플 때, 애통하고 억울할 때, 삶의 수많은 순간순간에 우리는 삶을 자연에 비추이고 또 다시 거기에서 다시금 삶의 위안과 지혜를 얻지 않았던가. 헤세가 자연에 녹아드는 방식은 옛 조상들과 다르지만 그는 늘 자연을 다시 불러왔고 늘 자연 안에 있었다. 이러한 삶, 그게 바로 우리가 현대에 잃어버린 삶 아닐까. 아카시아 언덕이 있고 개울이 있는 서울 변두리에서 어린 시절을 보냈던 필자처럼 잠시라도 자연 속의 삶이라는 혜택을 받았던 사람들은 헤세의 여름에 대한 글을 읽으며 다시금 어린 시절을 떠올리고 지금의 우리 환경을 돌아보고 자연과 자연 속의 삶을 그리워한다.

헤세가 상기하는 우리가 잃은 것, 우리가 잊은 것이 또 하나 있으니 바로 '나'이다. 헤세의 중심에는 항상 '나'가 있다. 화려한 여름, 정원 울타리에 마음의 귀를 기울이고 또 그와 더불어 낫 베는 소리를 듣는 '나'가 있다. 그 '나'가 때로 평화로운 하나가 되고, 때로 고통스러운 갈등과 분열을 겪기도 하지만, 결국 내 안에는 항상 '나'가 있음을 느낀다. 「하얀 구름」이라는 시에서 시인이 노래하듯 "온갖 방랑과 고통과 기쁨에 대해" 알고 난 내가 비로소 "하얀 것, 느슨한 것"으로서의 구름을 느끼게 되는 것이다. 자연의 대우주 안에 있는 소우주로서의 나, 대자연 안에 있는 소자연으로서의 나. 나는 자연을 바라보고 느끼고 음미하는 주체이다. 자연은 이러한 나를 느끼는 시간이다. 헤세는 한 번도 큰 소리로 목청 높이지 않지만 그게 모두들 각자 가야 할 길이라고 이야기하고 있지 않은가.

헤세는 또한 청년 문화를 대표하는 작가로 알려졌고 미국과 한국에서 그러한 맥락에서 읽힌다. 그렇지만 우리의 삭막한 환경은 젊은 세대에게 자연의 체험을 전달해 주지 못했다. 젊은 세대에게는 그러한 유년시절이 없었고 그러한 여유와 자유가 허용되지 못했다. 배움의 시절에 헤매고 방황할 때 우리 사회는 그들을 너그러이 보아줄 여유를 갖지 못했기 때문이다. 지금도 긴장한 채 목전의 과제와 걱정 때문에 옆으로 눈을 돌리지 못한다. 헤세처럼 고통을 겪은 후 몬테베리타 공동체에서 자연을 온몸으로 느끼게 해주지는 못하지만, 이런 글을 통해서라도 젊은 세대에게 자연과 이완의 경험을 주고 싶고 자아에 대한 길을 찾으라 말해주고 싶다. 『헤르만 헤세, 여름』은 독자들에게 그런 느낌과 경험을 넉넉히 안겨줄 것이다.

<코르티발로>

여름

Sommer

여름이 오는 길목에서
(1905년)

오늘 잠에서 깨어나 일어나 보니 날씨가 좋아졌다. 잔잔한 동풍이 푸른 호수를 스쳐가면서 은색 고랑이 생겨나 떨리게 했다. 배나무에서 피어나는 화관이 연푸른색 하늘을 향해 기뻐하며 자랑스럽게 서 있고, 연푸른색이 분수대의 수조와 국도에 생긴 거의 마른 조그만 물웅덩이들에 비쳤다. 내 창의 맞은편에 서 있는 예배당에서는 교회지기가 오월의 성모 기념을 준비하는 데 열중하고 있었다. 자기네 마구간을 개조해서 확장하려는 내 이웃집의 즉석 공사장에서는 들보용 하얀 전나무 목재가 이미 휘황찬란하고 따스한 햇볕 아래서 빛나고 있었고, 즐겁고 화사하게 향기를 풍기고 있었다.

그때 문득 나의 노 젓는 보트가 여전히 겨울인 양 집안에 놓여 있고, 나는 그것을 아직 고치거나 페인트를 칠하지도 않았으며 띄울 준비도 하지 않았다는 생각이 들었다. 나는 호수로 배를 타고 나가도록 유혹하는 화창한 날이면 벌써 여러 번 나의 태만을 질책하면서 몹시 아쉬워하곤 했지만, 그러고 나면 게을러지고 날씨를 불신해 그 일을 다시 다음 번으로 미루곤 했다. 그것은 결국 창피한 일이었다. 나의 조그만 배가 아직도 헛간에 놓여 있는 것을 본 이웃들은 히죽히죽 웃으며 나를 안타깝다는 듯이 바라보기 시작했다. 지금이 아주 좋은 기회인 것 같아 나는 그 일을 오늘은 꼭 처리해야겠다고 결심했다.

페인트는 이미 준비되어 있으니, 나는 그것을 아마인유(亞麻仁油)와 섞기만 하면 되었다. 그러자 곧 독하고 자극적인 기름 냄새가 온 집안에 퍼졌다. 나는 커다란 앞치마를 두르고 보트와 노를 깨끗이 닦고 나서 칠하기 시작했다. 유성 페인트를 잔뜩 발라서 묵직하고 넓은 붓을 배의 두꺼운 판자 위에 갖다 대고 바를 때 얼마나 얼룩이 지고 흘러내렸는지 모른다! 닭들이 꼬꼬댁거리며 지나갔고, 강아지 두 마리는 뒤엉켜 싸우다가 하마터면 내 페인트 통을 엎지를 뻔했다. 아이들이 다가와서 내가 하는 일을 지켜보았다. 지나가던 이웃들은 웃으면서 소리쳤다.

"결국 하는군요?"

사람들은 지금 신식 스포츠용 보트를 대개는 관청 사무실 가구처럼 연갈색이나 노란색으로 칠한다. 그러나 나의 작은 보트는 더 멋지게 보여야 하므로, 나는 그것을 옛날 전통대로 진한 녹색과 진홍색으로 바른다. 노와 부속품도 마찬가지다. 노의 깃은 빨간색이어야 한다. 다른 색은 어떤 것도 물의 파란색이나 녹색과 그토록 즐겁고 생기 있게 조화를 이루지 못한다.

네다섯 시간 동안 나는 열심히 칠을 하고 기름을 발라 주었다. 그러고 나자 이날은 그것으로 충분한 것 같았다. 며칠 지나고 나면 모든 것이 끝나고 정리될 것이다. 그 때가 되면 우리는 두 마리 소가 끄는 마차에 보트를 싣고 호숫가로 간다. 소들의 뿔은 화환으로 장식한다. 그런 뒤에 나는 올해 처음으로 혼자서 조용히 노를 저어 나간다. 그렇게 하면 매년 그랬듯이 말없는 장엄함과 경이롭게 부풀어 오르는 추억으로 가득 찬 하루를 보내게 될 것이다.

여름을 제대로 보내려면 나에게 세 가지가 필요하다. 작열하며 찌는 듯 더운 누런색 곡물밭들, 높이 솟아 있어 시원하고 말없이 조용한 숲, 그리고 노를 젓는 많은 날들이 그것이다. 노 젓는 날들 말이다! 호수와 산 너머로 파란 하늘이 찬란하게 빛나고, 대기가 더위에 떨리고, 태양의 열기에 보트의 목재가 삐걱거리던 그런 날들이 나는 생각난다. 그런 날에는 반나체로 챙 넓은 모자를 쓰고 눈부시게 빛나는 호수로 나가서 자주 멱을 감거나 호숫가의 무성한 수풀 속에서 멋진 휴식을 취하는 수밖에 없다. 그리고 나는 하늘에 구름이 끼고 상쾌한 바람이 불

때 몇 시간 동안이고 순전히 은색인 호수를 가르며 노 젓던 날들을 생각한다. 또 시커멓게 부글부글 끓어오르는 물 위로 숨 가쁘게 질주하기도 하고, 산 위에서 세차게 불어오는 뇌우를 동반한 폭풍을 피해 도망치던 날들도 생각한다. 그럴 때는 어둡고 거무스레한 수면 위로 하얀 포말이 일었고, 후려치는 강풍에 아주 가는 물보라가 생겨났으며, 격렬하게 자극받아 무덥고 불안한 대기 속에서는 성급하게 번개가 번쩍거렸다.

이 모든 것은 이제 다시 와야만 한다. 여름, 곡물 밭의 찌는 듯한 열기와 숲의 서늘함, 갈대가 무성한 호숫가에 드리워진 부드러운 저녁놀, 정오의 파랗게 빛나는 하늘 아래서 만끽한 뜨거운 여정과, 마음을 달래주듯 웅장하고 거세게 울리는 뇌우. 봄이 일 년 중 가장 아름다운 계절이라는 말을 우리는 종종 듣지만, 사실 일 년 중 가장 아름다운 때는 여름을 기다리는 때이다. 여름이 와서 무르익으면, 태양과 지구가 사랑하고 투쟁하면서 서로 좀 더 가까워지면, 따뜻함이 더해지고, 호우가 더 거칠어지고 더 위력을 보일 때면, 낮이 더 밝게 빛나고 밤이 더 푸르러질 때면, 부드럽고 그리움에 찬 온화한 봄은 곧 잊혀진다.

그때가 되면 밤나무들은 이해할 수 없이 풍부하고 화

<하얀 집>

려하게 하얗고 붉은 꽃잎에서 빛을 발산하고, 그때가 되면 재스민 꽃들은 감각을 마비시키는 듯한 자욱함 속에서 달콤하고 격렬한 향기를 내뿜는다. 그때가 되면 곡물은 색이 바래고, 묵직해지고, 금빛으로 변하며, 무수한 줄기 위에서 탐스럽고 화려하게 살랑거린다. 그때가 되면 축축하고 검은 숲의 땅은 발효하고, 수많은 색색의 식물들을 백일하에 드러낸다. 그리고 어디에서나 이글거리며 거칠게 도취된 생명의 열기가 은밀하게 요동친다. 여름, 진정한 여름은 짧기 때문이다. 그리고 들판이 더욱 황금빛으로 변하고 이삭들이 더욱 풍성해져 더욱 고개 숙여 살랑거리면, 얼마 안가 크고 작은 낫을 들고 열띤 수확 경쟁을 벌이게 된다.

이 모든 것이 이제 다시 올 것이다. 연녹색 숲의 골짜기에서 뻐꾸기 울음소리가 지칠 줄 모르고 울린다. 초원의 풀은 빨리 자라서 첫 수확을 해야 할 정도이고, 거무스레한 토끼풀도 무성하게 자란다. 그리고 씨를 뿌린 밭들은 수액이 올라 녹색으로 빛난다. 숲 가장자리에서는 오월의 하얀 꽃들이 넓은 잎사귀 아래서 반짝거리고, 넓은 들판에는 유황색의 유채꽃이 피어 있다.

이때가 어른이 아이가 되고 삶이 다시 기적이 되는 시기이다. 하루하루가 기대하지 않았는데도 새로운 것을 가져다주고 매번 잠깐 초원을 산책하는 일이 하나의 놀라움이자 환상적인 동화 같기 때문이다. 당당하고 화사한 계절이, 낮에는 곡식이 익고 밤에는 뇌우가 치는 여름이 다가오고 있다. 자, 이제 나는 여태까지 겪지 못한 일을 또 한 번 체험하고 풍요롭고 넘쳐흐르는 화려함의 날들을 볼 준비가 되어 있다. 그래서 나는, 농부가 너무 일찍 마차에 화환을 장식하고 탐욕스런 낫이 익은 곡식을 베며 사각거리는 소리를 내기 전에 단 하루도, 단 한 시간도 소홀히 하고 싶지 않다!

초여름 밤

하늘에는 뇌우가 일고
정원에는 한 그루
보리수가 서서 몸을 떨고 있다.
날은 벌써 저물었다.

한 가닥 번갯불이
젖은 커다란 눈으로
연못에 비친 자신의
창백한 모습을 들여다본다.

흔들리는 줄기 위에 앉은
꽃들은
바람결에 실려 오는
낫 가는 소리를 듣는다.

하늘에 천둥이 울리고,
무거운 훈기가 지나간다.

나의 소녀는 몸을 떨고 있다 —
"당신도 느끼세요, 네?"라며.

여행의 노래

태양은 나의 가슴속으로 들어와 빛나고
바람은 나의 근심과 힘든 일들을 날려 보낸다!
지상에서 넓은 곳으로 길을 떠나는 것보다
더 심오한 기쁨을 나는 알지 못한다.

평탄한 곳으로 나의 여정은 지속된다.
태양은 나를 축복하고, 바다는 나를 서늘하게 해준다.
우리가 사는 지상의 삶을 함께 느끼려고
나는 축제의 기분으로 온 감각을 활짝 연다.

그렇게 나에게는 매일 새로운 날이
새로운 친구들과 새로운 형제들을 보여 주리라,
내가 모든 위력들을 고통 없이 찬미하고
모든 별들의 손님이자 친구가 될 때까지.

산길

좁지만 당당한 길 위로 바람이 불고 있다. 이곳에서는 나무와 관목은 모습을 감추고 돌멩이와 이끼만 자라는 것이 보인다. 이곳에서는 뭔가 찾아다니는 사람이 아무도 없고, 이곳에서는 소유물이 있는 사람이 아무도 없다. 이 위에 사는 농부는 건초도 땔나무도 없다. 하지만 먼 곳이 사람을 끌어당기고 동경(憧憬)이 불타오른다. 그 동경이 바위와 습지, 눈을 넘어서 다른 골짜기들과 다른 집들, 다른 언어와 다른 사람들이 있는 곳으로 이끄는 이 좁지만 멋진 길을 만든 것이다.

높은 고갯길에서 나는 걸음을 멈춘다. 양쪽으로 내리막길이 나 있고, 양쪽으로 물도 흘러내린다. 그리고 이 위에서는 옹기종기 가까이 모여 있는 것들이 두 개의 세계를 향해 길을 떠난다. 여기 내 신발에 스치는 작은 웅덩이는 북쪽으로 흘러 내려가, 그 물은 머나먼 차가운 대양에 이른다. 그러나 바로 그 옆에 조금 남아 있는 눈은 남쪽으로 내려가, 그 물은 리구리아 해안*이나 아드리아 해안*을 향해 흘러가다 아프리카와 맞닿은 대양에 이른다. 그러나 세상의 모든 물은 다시 서로 만난다. 북극해와 나일 강도 축축한 구름의 흐름 속에서 서로 섞인다. 오래된 멋진 비유가 내가 보내는 시간을 신성하게 해준다. 모든 길은 우리 같은 방랑자들도 집으로 이끌어준다는 것이니 말이다.

내 시선은 아직 선택의 여지가 있어서, 여전히 북쪽도 남쪽도 눈에 보인다. 오십 걸음만 더 가면 내 눈앞에는 남쪽만 펼쳐질 것이다. 그곳의 푸르스름한 골짜기들에서 피어오르는 대기는 얼마나 신비로운가! 그 쪽으로 향한 내 가슴은 얼마나 두근거리는지 모른다! 호수와 정원들에 대한 예감, 포도주와 아몬드의 향기, 동경과 로마로 향하는 여정에 대한 성스러운 옛 전설이 이 위로 불어온다.

먼 골짜기들에서 울려오는 종소리처럼 내 젊은 시절의 추억이 울린다. 처음 남국을 향해 떠났을 때 느꼈던 황홀

---

* 리구리아 해: 북쪽으로 이탈리아의 리구리아 주와 동쪽으로 토스카나 주, 남쪽으로 코르시카 섬 사이에 있는 바다로 지중해의 일부이다.
* 아드리아 해: 지중해 북부의 이탈리아반도와 발칸반도 사이에 있는 좁고 긴 해역을 말한다.

한 여행 기분, 푸른 호숫가에서 넘치는 정원의 공기를 취한 듯 들이마시던 일, 저녁 무렵 희미해져가는 설산 너머로 멀리 떨어진 고향에 귀를 기울이던 일! 고대의 신성한 원주들 앞에서 최초로 기도를 드리던 일! 갈색의 암석들 뒤에서 포말을 일으키는 바다를 처음에 꿈결처럼 바라보던 일!

이제 그런 도취는 더 이상 없다. 나의 사랑하는 모든 이들에게 아름다운 먼 곳과 나의 행복을 보여주고 싶은 갈망도 더 이상 없다. 내 가슴속에 일고 있는 것은 더 이상 봄이 아니라 여름이다. 낯선 이들이 던지는 인사는 나에게 다르게 울려온다. 내 가슴속에서 일어나는 반향은 더 잠잠해졌다. 나는 모자를 공중으로 던지지도 않고, 노래도 부르지 않는다.

그러나 나는 미소를 짓는다. 입으로만 짓는 미소가 아니다. 영혼과 눈으로, 온 피부로 짓는 미소다. 나는 향기가 풍겨 오르는 그 땅에 옛날과는 다른 의미를 부여한다. 좀더 풍미 있고 조용하면서도, 좀더 예리하고 익숙한 의미, 좀더 고마운 의미를. 이 모든 것은 그 당시보다 더 나의 것이 되어, 더욱 풍요롭게 수백 배의 뉘앙스를 갖고 나에게 말을 걸어온다. 취한 듯한 나의 동경(憧憬)은 베일에 싸인 먼 곳에 대해 더 이상 꿈의 색채를 그리지 않는다. 내 눈은 지금 있는 것에 만족한다. 보는 법을 배웠기 때문이다. 세상은 그 때 이후로 더 아름다워졌다.

　세상은 더 아름다워졌다. 나는 혼자지만, 혼자 있는 것 때문에 고통스러워하지는 않는다. 다른 어떤 것도 원하지 않는다. 나는 햇볕에 푹 익을 용의가 있다. 나는 숙성되기를 갈망한다. 죽을 용의도 있고, 다시 태어날 용의도 있다. 세상은 그 이후로 더 아름다워졌다.

(『방랑』 중에서, 1818~19년)

여름의 방랑

드넓은 황금빛 이삭의 바다가
익은 줄기 위에서 바람에 물결친다.
말굽 박는 소리와 낫 가는 소리가
멀리 마을에서 울려 온다.

무덥고 묵직한 향내가 풍기는 시절이다!
태양의 열기 속에 떨면서
황금빛 물결들이 벌써 무르익어
베어질 준비를 한 채 흔들리고 있다.

길도 없이 지상을 떠돌며
순례하는 이방인인 나.
나 역시 낫으로 베는 이가 다가오면
무르익은 모습을 띠고 있을까?

파란 나비

작은 파란 나비 한 마리
바람에 날려 파닥인다.
진주 같은 빛이 언뜻
반짝 파닥이다 사라진다.

한 순간 반짝이다
그렇게 사라지며
행복이 내게 눈짓했다,
반짝이고 파닥이다 사라지는 것이.

나비 수집

　나는 여덟아홉 살 때부터 나비를 수집하기 시작했는데, 처음에는 별다른 열의 없이 그냥 다른 놀이나 좋아하는 일을 하는 것처럼 했다. 그러나 두 번째 여름, 내가 열 살 쯤 되었을 때는 이 놀이에 흠뻑 빠져서 너무나 열성적으로 하다 보니, 사람들이 여러 번 내게 그 일을 말려야 할 정도였다. 나는 그 일을 하느라 다른 것은 모두 잊고 태만히 했기 때문이다. 나비를 잡으러 다닐 때면 나는 학교 갈 시간이든 점심때든 탑의 시계가 울리는 소리조차 듣지 못했다. 그리고 방학 때가 되면 종종 식물채집 상자에 빵을 하나 한 개 넣은 채 이른 아침부터 밤까지, 식사 시간에 집에 오는 일도 없이 쏘 다녔다.

　나는 지금도, 간혹 가다 특히 아름다운 나비들을 볼 때면 여전히 이런 열정을 조금 느낀다. 그럴 때면 한 순간 오직 어린아이들만 느낄 수 있는, 뭐라고 이름붙일 수 없는 갈망에 찬 황홀함이 나를 엄습한다. 그 황홀함에 취해 나는 소년이었을 때 처음으로 제비꼬리를 만지려고 살그머니 다가갔었다. 그리고 그럴 때면 돌연 유년 시절의 셀

수 없이 많은 순간들과 시간들, 메마르고 강렬한 향내가 나던 황무지와, 정원에서의 서늘한 아침시간들, 또는 비밀에 가득 찬 숲 가장자리에 찾아오던 저녁들이 기억에 떠오른다. 그곳에서 나는 마치 보물 찾는 사람처럼 그물을 치고서 기웃거렸고, 최고로 멋진 놀라움과 큰 즐거움이 찾아올 매 순간을 붙잡으려 했었다.

　그 당시 나는 멋진 나비를 한 마리라도 보면, 그것이 특별히 드문 나비가 아니더라도 햇볕 아래 꽃줄기 위에 앉아 숨쉬면서 다채로운 날개를 이리저리 움직이고 있을 때 나는 사냥하고 싶은 욕구에 숨을 죽였고, 그것에 살금살금 다가갔다. 그리고 반짝거리는 색색의 점과 투명하게 비치는 날개의 줄무늬와 더듬이 정교한 갈색 털을 모두 바라볼 수 있을 때면 그야말로 긴장되고 희열이 넘쳤다. 그것은 격렬한 욕구와 온화한 기쁨이 뒤섞인 것으로서 나는 훗날 살아가면서 그런 느낌이 점차 드물어졌다.

(『공작나비』 중에서, 1911년)

나비

몹시 상심한 일이 있을 때
나는 들판을 지나가다
나비를 한 마리 보았다.
아주 하얀색과 진홍색을 띤 나비가
파아란 바람 속에서 하늘거리고 있었다.

아, 나비여! 세상이 아직
아침처럼 맑고 하늘도 아직
아주 가까이 있던 어린 시절,
그때 나는 아름다운 날개를 펼치는
너를 마지막으로 보았다.

가벼이 다채롭게 팔랑거리며
천국에서 나에게 온 나비여,
너의 아늑하고 성스러운 빛 앞에서
나는 부끄러움에 싸여 수줍은 눈초리를 하고
얼마나 낯선 모습으로 서 있어야만 하는가!

하얗고 진홍빛을 띤 나비는
바람에 실려 들 쪽으로 날아갔다.
그리고 꿈꾸듯 걸음을 계속 옮기는 내게는
천국에서 흘러나온 나온 잔잔한 빛 한 가닥이
남아 있었다.

<비탈 위의 집>

유월

건초가 무르익어 묘한 향기를 풍긴다.
가서 즐거워하고, 거기에 어울려라.
우리의 인생에서 이미 지나가버린 해만큼
아름다운 해는 없을 것이니.

칠월

정원 울타리에 몸을 펴 기대고,
여름의 소리에 네 마음을 기울여 보라!
부르지 않아도 날은 다가오니,
처음 낫으로 베는 소리가 사각거린다.

팔월

풀 베는 사람을 바라보라.
그는 냉정해지니,
너도 역시 언젠가는
거둬 들여지리라는 생각을 하라.

내가 누렸던 가장 충만한 유월

그때가 아마 내가 경험한 유월 중에서도 가장 충만한 유월이어서, 얼마 안 가 그런 시기가 다시 왔으면 하고 바랄 정도였다. 마을 길가에 서 있던 나의 사촌의 집 앞에는 작은 꽃밭이 있었는데, 거기에는 꽃들이 수없이 어우러져 피어 있었다. 망가진 울타리에 뻗어 자란 달리아는 굵고 높게 솟아 큼직하고 둥그런 꽃봉오리를 달고 있었고, 그 봉오리가 터지는 틈새로 어린 꽃잎들이 노란색, 빨간색, 보라색을 띠며 뻗어 나오고 있었다. 계란풀은 벌꿀색 같은 갈색으로 풍성하게 타오르는 듯 생기발랄하면서도 갈망하는 듯한 향기를 풍겼다. 마치 자기는 얼마 안 있으면 시들 때가 가까워져서 무성하게 자라나는 목생초에게 자리를 내주어야 한다는 것을 알고 있다는 듯이. 새치름한 봉선화는 굵은 유리 같은 줄기 위에서 조용히 명상에 잠겨 있었고, 날씬한 창포는 꿈꾸는 듯 서 있었다. 무성하게 자라는 장미넝쿨은 즐거운 듯 담홍색을 띠고 있었다. 정원 전체가 마치 기쁨에 넘쳐 작은 꽃병에서 넘쳐 나온 얼룩덜룩한 거대한 꽃다발처럼 한 치의 공터도 보이지 않았다. 그 가장자리에는 금련화들이 장미꽃들 속에 묻혀 숨 막힐 듯하고, 한가운데에는 불타오르는 듯 화려하게 핀 나리꽃들이 크고 탐스런 꽃을 달고 대담하고 당당하게 버티고 서 있다.[……]

두 주일 전부터 이 지방의 하늘은 뜨겁고 파랬다. 아침에는 깨끗하고 웃는 듯한 하늘이었고, 오후에는 언제나 서서히 부풀어 낮게 짓눌린 구름으로 둘러싸였다. 밤에는 가깝고 먼 곳에서 뇌우가 쳤다. 하지만 아침마다, 아직도 천둥소리가 귓가에 울리는 듯한 상태로 잠에서 깨면, 하늘은 파랗고, 태양이 내리 쪼여 벌써 빛과 열기에 온통 젖어 있었다. 그러면 나는 서두르지 않고 즐겁게 나 나름대로의 여름 생활을 시작하였다. 뜨거운 입김을 내뿜으며 노랑색 곡식들이 높이 자라 있는 들판을 지나 메말라 갈라지는 듯한 들길을 조금 걸어보는 일이 그것이었다. 양귀비, 국화, 살갈퀴, 선옹초, 메꽃들이 웃고 있는 그것을 지나 숲 가장자리의 높게 자란 풀더미 속에서 오랫동안, 몇 시간 동안이고 쉬었다. 머리 위에서는 딱정벌레가 금빛으로 반짝거리고, 벌들의 윙윙거리는 소리가 들려 왔으며, 바람 한 점 없이 고요한 나뭇가지는 깊은 하늘에 드리워져 있었다. 그러고 나서 저녁 무렵이 되면 햇빛 속에 보이는 먼지와 불그스레한 황금 빛 밀밭을 지나고, 충만해져 나른하며 아쉬운 듯한 암소의 울음소리가 퍼지는 대기 속을 지나 기분 좋게 천천히 집으로 돌아갔다. 그리고 마지막으로 밤중까지 온화한 긴 시간을 때로는 혼자서 혹은 누구 아는 사람과 함께 단풍나무나 보리수 밑에서 앉아서 노란 포도주를 마시면서, 더운 밤이 깊어질 때까지 마음 높고 한가하게 잡담을 나누었다. 마침내 멀리 어디선가 천둥이 울리기 시작했고 깜짝 놀라 시끄럽게 몰아치는 돌풍에 섞여 내린 소나기의 첫 빗방울이 무겁고 부드럽게 두터운 먼지 속으로 들릴락 말락 떨어져 내렸다.[……]

나는 지금껏 그렇게 기분이 좋은 적이 없었다. 조용히 그리고 천천히 나는 들판과 초원을 돌아다니면서 곡식과 건초와 높이 자란 미나리를 헤집고 지나가거나, 쾌적한 따스함 속에 뱀처럼 가만히 누워 명상하면서 조용한 시간을 즐겼다.

그리고 들려오는 이 여름의 소리! 들으면 기분이 좋아지기도 하고 슬퍼지기도 하며 내가 너무도 좋아하는 그 소리! 자정이 넘어서까지 한없이 계속되는 매미 소리, 그 소리를 들을 때면 바다를 바라볼 때처럼 완전히 나를 잊어버릴 수 있었다. 그리고 물결치는 이삭들이 충족되어 살랑거리는 소리, 끊임없이 잠복해 있으면서 멀리서 희미하게 들려오는 천둥소리, 저녁 무렵에 모기떼와 멀리서 들려오는 낫 가는 소리, 밤이 되면 팽창한 따뜻한 바람과 열정적으로 내리 퍼붓는 갑작스러운 소낙비.

그리하여 이 짧으면서도 당당한 몇 주일 동안 모든 것이 얼마나 더 열렬히 피어나고 숨 쉬며, 삶을 더욱 심화시키면서 향기를 뿜고 얼마나 더 갈망하면서 내밀하게 불타오르는가! 베어 놓은 부드러운 풀더미 속에서 풍겨나오는 풍성한 보리수 향기가 온 골짜기들을 채우지 않던가! 또한 익어 나른해진 곡식의 이삭들 옆에서 들꽃들이 색색으로 얼마나 탐욕스럽고 당당하게 피어나고 있는가! 낫의 날이 너무 일찍 그들을 베어 넘기기 전까지 짧은 시간을, 그들은 두 배로 작열하는 듯 열을 발산하고 있지 않는가!

(『대리석 공장』 중에서, 1903년)

좋은 시간

정원에 불타오르듯 핀 딸기는
그 향기가 달콤하고 충만하다.
나는 녹음 진 정원을 지나
곧 오실 어머니를 기다려야겠다.
나는 어린아이처럼
실수하고 게을리 하고,
실패하고 상실한 모든 것들이
마치 꿈을 꾼 것 같다.
아직도 정원의 평화로움 속에는
나의 풍요로운 세계가 놓여 있으니,
모든 것이 나에게 부여되어
모든 것이 나의 것이 되었다.
당황한 나는 멈춰 서서
향기가 사라져 나의 좋은 시간도
함께 사라지지 않도록
감히 걸음을 떼지 못한다.

여름날의 화려함을 드러낸 아버지의 정원

　내 아버지의 정원은 여름날의 화려함을 드러내고 있었습니다. 거기에는 피어나는 관목 숲과 짙은 여름의 잎사귀를 단 나무들이 아늑한 하늘에 드리워져 있었지요. 담쟁이덩굴이 높은 담장에 기대어 뻗어 자라나고 있었고, 그 너머로 불그스레한 암석과 검푸른 전나무 숲을 지닌 산이 조용히 자리하고 있었습니다. 나는 일어나 그 광경을 바라보다가 거기에 있는 것들 하나하나가 그토록 경이롭고 아름답고 생생하며, 다채롭고 환하게 빛나고 있는 것에 감동을 받았습니다.

　수많은 꽃들이 가지 위에서 아주 부드럽게 흔들리며 색색의 꽃받침에서 섬세하고 은밀하게 내다보고 있는 것에 나는 너무나 마음이 움직여 그 꽃들이 사랑스러워졌으며, 마치 시인의 노래를 즐기듯 그것들을 즐겼습니다. 또한 예전에는 전혀 주시한 적이 없던 수많은 관목들도 이제는 눈에 띄어 나에게 말을 걸어오고 내 관심을 끄는 것이었습니다. 전나무 숲과 풀밭에 이는 바람 소리, 초원에 퍼지는 귀뚜라미 울음소리, 먼 곳에서 울리는 천둥소리, 제방 곁을 흐르는 강물 소리, 그리고 수많은 새들의 울음소리. 저녁이면 나는 금빛 저녁놀 속에서 파리 떼가 날아다니는 소리를 듣고 연못가의 개구리 울음 소리에 귀 기울였습니다. 수많은 하찮은 것들이 돌연 나에게는 사랑스럽고 소중해졌으며 마치 체험처럼 내 마음에 감동을 주었습니다. 예컨대 나는 아침에 소일거리로 정원 안의 몇 군데 화단에 물을 주어 흙과 뿌리에 감사하는 마음으로 열심히 물을 적셔주거나, 정오의 찬란함 속에서 취한 듯 팔랑거리는 파란 나비 한 마리를 보았습니다. 아니면 어린 장미꽃이 피어나는 것을 관찰하거나 저녁 무렵이면 조각배를 타고 가면서 물속에 손을 담그면서 손가락에 강물이 부드럽게 스쳐가는 것을 느끼기도 했습니다.

(『한 젊은이가 보낸 편지』 중에서, 1906년)

보리수꽃 피어나는 때

이제 벌써 보리수꽃이 다시 피어나는 때가 되었다. 그래서 날이 어두워지기 시작하고 힘든 일들이 다 끝나간 저녁때가 되면 부인네들과 소녀들이 보리수들이 있는 곳으로 와 사다리를 타고 나무 가지 위로 올라가서 보리수꽃을 바구니 하나 가득 땄다. 그들은 그 꽃으로 나중에 누가 몸이 아프거나 어려운 일에 처하면 약으로 쓰일 차를 만든다. 그들이 옳다. 이 경이로운 계절의 따스함과 햇볕과 기쁨과 향기가 어찌 쓸모없이 사라져서야 되겠는가? 꽃이나 어디 다른 데에 그런 것이 응축되어 손에 닿을 곳에 매달려 있어서 나중에 춥고 험한 시기에 우리가 그것을 집으로 가져가 그것으로부터 위로를 받아서는 왜 안 된단 말인가?

모든 아름다운 것들을 한 주머니씩 가득 담아서 아쉬울 때를 위해 보관해둘 수만 있다면! 물론 인공적인 향기를 지닌 조화들이나 그렇게 할 수 있을 것이다. 날마다 세상의 충만함이 우리 곁을 살랑거리며 스쳐 지나간다. 날마다 꽃들이 피고, 햇살이 비치며, 기쁨이 미소 짓는다.

<아그라>

우리는 때로는 감사하며 그것들을 흠뻑 들이마시고, 때로는 피곤하고 언짢아서 그런 것들을 알고 싶어 하지도 않는다. 그러나 언제나 우리 주위에는 아름다운 것들이 넘쳐난다. 어떤 기쁨이든 수고하지 않아도 오고 결코 대가를 지불하지 않아도 된다는 것이야말로 참으로 근사한 일이다. 기쁨은 자유로우며, 번져 오는 보리수꽃 향기처럼 누구에게나 주어지는 신의 선물인 것이다.

(『보리수꽃』 중에서, 1906년)

모든 것이 아름답고 모든 것이 반가웠다

모든 것이 아름다웠다. 안젤름에게는 모든 것이 반갑고 정겹고 믿음직했다. 하지만 그에게 가장 매력적인 순간이자 은총의 순간은 해마다 처음으로 붓꽃이 피어날 때였다. 안젤름은 언젠가, 그의 최초의 유년시절의 꿈속에서 붓꽃의 꽃받침을 보고 기적의 책을 읽는 느낌이었다. 그 꽃이 향기와 다양한 푸른빛을 띠며 나부끼는 모습은 안젤름에게 창조의 비밀을 알려준 열쇠였다. 이처럼 붓꽃은 안젤름이 순수하게 보낸 어린 시절 내내 함께 곁에 있어 주었고, 매번 여름이 될 때마다 더욱 새롭고 더욱 신비롭게, 더욱 감동적으로 피어났다.

다른 꽃들도 향기와 상념을 그에게 발산하였으며, 꿀벌과 풍뎅이들을 그 자그맣고 예쁜 꽃잎 속으로 받아들이고 있었다. 그러나 파란 붓꽃이 안젤름에게는 다른 어떤 꽃보다도 사랑스럽고 소중했다. 그 꽃은 그에게는 사색할 가치가 있는 경이로운 모든 것을 상징했다. 그 노란 식물의 꽃받침 속을 들여다보면서 꿈속 같은 밝은 수맥을 따라 자신의 상념을 쫓아 침잠할 때, 안젤름의 영혼은 수수께끼 같은 현상들과 예감으로 가득 찬 심연의 문을 들여다볼 수 있었다.

안젤름은 밤에 종종 붓꽃의 꿈을 꾸었다. 붓꽃의 꽃받침은 천국으로 들어가는 문처럼 거대하게 활짝 열려 있었다. 그는 말을 타고 달려가기도 하고, 백조가 날아와서 그를 태워 날아가기도 하였다. 그와 함께 이 모든 세계도 마법에 끌린 듯 미끄러지듯이 그 성스러운 심연 속으로 드나들었다. 그 세계에서는 모든 기대가 이루어지고 모든 예감이 진실로 바뀌었다.

이 지상에서 벌어지는 모든 현상은 하나의 상징이며, 모든 상징은 열린 문이다. 그 문을 통해서 우리의 영혼은 준비된 내면의 세계로 들어갈 수 있다. 내면의 세계에서는 너와 나, 낮과 밤, 모든 것들이 하나가 된다.

어떤 사람에게나 살아가는 동안 그 길로 통하는 문이 여기저기에 열려 있다. 누구에게나 한 번쯤 눈에 보이는 모든 것은 상징이라는 것과 상징의 이면에는 영원한 삶이 존재하고 있다는 생각이 떠오른다. 그러나 소수의 사람만이 상징의 문을 통과하여 예감했던 내면의 세계에 아름다움을 부여한다.

(『붓꽃』 중에서, 1916년)

꽃의 생애

푸른 잎사귀들 사이로 어린아이처럼,
답답하고 불안한 듯 그것은 주위를 돌아보다가,
감히 쳐다보지 못한다.
햇살의 물결에 받아들여진 것을 느끼고,
한낮의 여름이 이해할 수 없을 만큼
파래지는 것을 느낀다.

주위로는 햇살이, 바람이, 나비가
맴돌며 구애를 해 온다.
최초의 미소를 지으며 그것은 삶에게
자신의 불안한 마음을 열어 보이고 배운다,
짧은 삶의 순간에 연이어 일어나는 꿈들에
스스로를 내맡기는 법을.

이제 그것이 활짝 웃자 그것의 색채들이 불타오르고,
줄기에는 금빛의 먼지가 일어난다.
그것은 후덥지근한 한낮의 열기를 알게 되고,

밤이 되면 지친 몸으로 잎사귀 속으로 수그러든다.

그 가장자리 선에는 성숙한 여인의 입술처럼
나이를 예감하는 떨림이 인다.
뜨겁게 그것의 웃음은 피어나고, 그 밑바닥에는
이미 활짝 핀 후의 쓰라린 시들음의 기미가 인다.

이제 꽃잎들은 움츠러들고, 섬유처럼 풀어져
피곤하게 씨방 위에 매달려 있다.
꽃의 색깔은 유령처럼 창백해진다. 위대한
비밀이 죽어 가는 꽃 주위를 에워싼다.

양귀비

네가 사랑스럽다, 너 멋진 붉은 꽃이여,
그처럼 햇살을 갈구하며 거칠게 살아 있고,
여름의 향기 속에서, 한낮과 죽음 사이에서
그렇게 꽃피우며 즐겁게 흔들리는 모습이.

그러면서도 너는 곧 조용히 꿈속에 잠겨 있다.
마치 너의 기쁨은 아무 거침없이 끓어오르더라도,
오직 한 여름밖에 지속되지 못한다는
슬픔을 간직하고 있는 듯.

카네이션

붉은 카네이션이 정원에 피어나
사랑에 빠진 향기를 타오르게 한다.
잠들려 하지도 않고, 기다리려 하지도 않고,
오직 하나의 충동을 카네이션은 간직한다,
더 서둘러, 더 뜨겁게, 더 분방하게 피어나겠다는!

하나의 불꽃이 화려하게 튀는 것이 나는 보인다,
바람이 그 붉은 불꽃 속으로 달려가는 것이.
그러자 불꽃은 욕망에 흔들려 떨린다.
오직 하나의 충동을 그 불꽃은 간직한다.
더 서둘러, 더욱 서둘러 타버리겠다는!

내 안의 피 속에 간직된 그대,
사랑하는 그대여, 그대의 꿈은 무엇인가?
그대로 물방울이 되어 떨어져버리려 하고,
강물이 되려 하고, 조수에 휩쓸려가
너를 낭비하고, 거품처럼 사라지려는 것이 아닌가!

뜨거운 정오

메마른 풀숲에 귀뚜라미의 합창이 시끄럽고,
시든 산비탈에는 메뚜기들이 날고 있다.
하늘이 작렬하면서 하얀 베일 속에
멀리 아련히 보이는 산들을 천천히 수놓는다.

여기저기서 사각거리고 거칠게 바스락거리는 소리,
숲속에서는 벌써 고사리와 이끼도 굳어졌다.
하늘의 흐릿한 안개 속에서 무정한 칠월의 태양이
빛도 없이 하얗게 응시한다.

졸리는 듯 포근한 정오의 대기가 흐르고,
피곤한 눈은 스르르 감긴다. 꿈결에 귓가에
고대하는 뇌우의 은총 가득한 소리가
물결처럼 밀려온다.

전설처럼 되어버린 유년시절에 대한 회상

요즘에 와서 나에게는 이미 전설처럼 되어버린 유년시절에 대한 회상이 떠올랐다. 아아, 아름다운 기억이여, 어서 오너라!

독일의 울창하고 검은 숲 슈바르츠발트 속에 위치한 나의 고향 도시에는 강이 하나 흐르고 있었다. 그 당시에는 강가에 공장들이 몇 개 안 되었다. 오래된 방앗간들이 더 많았고, 다리들이 강 위에 놓여 있었다. 강가에는 갈대 우거진 숲과 오리나무 숲이 있었다. 강 속에는 물고기들이 많이 살고 있었고, 여름이 되면 수백만 마리의 짙은 하늘색 잠자리들이 날아올랐다.

지금은 물고기들과 잠자리들이 강 주위로 점점 증가하는 시멘트 담들과 공장들 사이에서 어떻게 견뎌내고 있는지 나는 알 수가 없다. 어쩌면 그것들은 여전히 그곳에 살고 있을지도 모른다.

그러나 이미 오래 전에 사라져 버린 무엇인가가 다시 내 기억에 떠올랐다. 그때 강 위에는 그 무엇인가가 있었다. 그것은 아름답고 신비로 가득 찼으며, 동화 같은 것,

뭔가 가장 멋진 것이었다. 그 아름답고 전설 같은 고향 도시의 강이 소유하고 있던 것, 그것은 다름 아닌 뗏목을 타는 일이었다.

우리들의 어린 시절에는 슈바르츠발트에서 자란 전나무 둥치들이, 여름 내내 거대하고 튼튼한 뗏목 위에 실려 모든 강들을 지나 만하임으로, 때로는 저 멀리 네덜란드로까지 운반되었다. 뗏목 운반은 독특한 사업이 되어 있었다. 강에 접한 모든 도시들에서는 봄이 되면, 처음 뗏목이 강 위에 나타나는 일이 강남에서 돌아온 제비가 돌아온 것보다 더 소중하고 주목할 만한 일로 여겨졌다.

그런 뗏목(남부 슈바벤 방언으로는 '뗏목'이라고 하지 않고 좀 둔탁하게 '뗏목'이라고 불렀다)들은 아주 키 큰 전나무와 가문비나무 둥치로 잘라 만든 것이었다. 껍질을 벗기기는 했지만 나무를 자르지는 않고 원형대로 짜 맞추었다. 뗏목은 여러 개의 마디로 구성되어 있었는데, 각 마디는 대개 여덟 개 내지 열두 개의 나무줄기로 짜 맞춰 그 끝을 모두 묶었다. 모든 마디와 마디 사이는 느슨하게 연결되어 있어서, 뗏목은 아무리 길어도 유연하게 움직이면서 강의 굽은 곳을 무리 없이 지나갈 수 있었다. 그런데도 뗏목이 흘러가다가 갑자기 장애물에 부딪혀 멈춰서는 가끔 일어났다. 그런 일이 일어나면 도시 전체가 흥분했다. 우리 같은 소년들한테는 대단한 축제인 셈이었다. 뗏목꾼들에게 그런 불상사가 일어나면, 다리 위로 사람들이 몰려들었다. 창문으로 내다보면서 뗏목업자들을 놀리기도 했다. 화가 치민 뗏목꾼들은 열병에 걸린 사람들처럼 정신없이 작업에 매달려야 했다. 그들은 욕설을 퍼부으며 물이 배에 찰 때까지 물속으로 들어가 소리를 쳤다. 그들의 신분에 걸맞게 아주 거칠게 굴기도 하고 폭언도 했다.

그러나 더욱 화가 난 사람들은 방앗간 주인들과 강에서 작업하던 어부들이었다. 또 강 연안에서 노동하면서 생활하는 모든 사람들, 말하자면 수많은 무두장이들도 그 뗏목꾼들을 놀리는 말이나 욕설을 퍼부었다. 강의 수문이 열려 있는 곳까지 뗏목이 떠내려가다가 장애물을 만나 정체되면 특히 그 인근의 방앗간 주인들이 발을 구르고 욕질을 해댔다. 하지만 그럴 때마다 어린아이들은 몹시 행복했다. 넓이가 한 마장 정도 되는 강의 수심은 얕았다. 방파제 밑에서 우리는 맨손으로 물고기들을 잡을 수 있었다. 넓적하고 눈을 붉게 반짝거리는 고기들, 재빠르게 헤엄치는 가시 돋친 농어와 칠성장어들이 잡혔다.

뗏목꾼들은 아마 어느 곳에도 정주해서 살지 않는 사

람들이었다. 그들은 대개가 거친 사람들이거나 유랑하는 집시들, 아니면 유목민들이었다. 관습과 질서를 옹호하는 일반 사람들은 뗏목과 뗏목꾼들을 탐탁치 않게 여겼다. 하지만 우리 아이들에게는 그 반대였다. 우리는 강가에 지켜 서 있다가, 뗏목이 하나 나타나기만 하면 모험의 기회로 여겨 흥분했다. 곧 저 질서를 좋아하는 어른들 세계의 권위와 싸우는 갈등이 일어나게 마련이었다.

방앗간 주인들과 뗏목꾼들 사이에 영원한 싸움이 지속되어도 나는 늘 뗏목꾼들 편이었다. 학교 선생님들과 부모님들, 숙모님들은 그런 뗏목꾼들의 존재에 대해 거부감을 지니고 있어서 아이들을 가능하면 그들과 접촉하지 못하게 하려고 애썼다. 만약 우리 아이들 중 누군가가 집에서 진짜 불순한 단어를 쓰거나 아주 긴 저주의 말을 내뱉거나 하는 일이 생기면, 숙모님들은 못된 뗏목꾼들한테서 배웠다고 나무라는 것이었다.

그래서 강 위로 뗏목이 흘러가는 날은 어린아이들한테는 마치 축제일처럼 기쁜 날이었고, 대개는 아버지들한테서 매를 맞는 날이었다. 그런 날에는 어머니들은 속이 상해서 눈물을 흘렸고, 경찰들은 욕설을 퍼부었다. 우리 어린아이들이 무엇보다도 좋아한 멋진 동화가 하나 있었는데, 그것은 한 소년에 관한 것이었다. 그 소년은 옛날 어느 때인가 금지 규정을 무시하고 강 위로 흘러가는 뗏목 하나에 몰래 올라탄 뒤 네덜란드까지 갔다. 그리고 마침내 바다에 이르렀다가 몇 달이 지난 후에야 다시 고향으로 돌아와, 그의 실종을 슬퍼하던 부모를 다시 만나게 되었다는 이야기였다. 수년 동안 내가 마음속 깊이 남몰래 간직한 소망은, 바로 그 동화 속의 소년과 똑같이 해 보는 것이었다.

(『뗏목 여행』 중에서, 1927년)

바다의 정오

마치 꿈처럼, 죽음처럼 너무도 감미롭다,
소금과 타르의 떫은 내음 속에서
열기와 고요함에 지쳐 무거운 몸으로
어부의 배 안에 누워 쉬는 일은.
짧게 이어지는 구름의 유희를
시선은 목적 없이 오랫동안 따라가다
마침내 파란 정오의 태양의 열기 속에
사로잡혀 피로한 듯 조용히 쉰다.
높이 하얀 구름들이 느슨하게
끊임없이 이어져 흘러가고,
멀리선 아주 희미하게 배 한 척의
출항을 알리는 고동소리가 들려온다.

조수는 꿈꾸듯 유희를 하며
배 밑바닥에 둔중한 소리로 부딪혀 갈라진다.
느슨한 돛은 맥없이 쉬고 있고,
그물망이 그 뒤로 끌려가고 있다.

그리고 그밖에 움직이는 모든 것,
그리고 행복과 슬픔 속에서
언젠가 너의 마음을 움직였던 모든 것은
바다 속에 깊이 잠겨 잠들어 있다.
한때 너무도 거칠게 타올랐던 너의 마음은
다시 고요해지고, 다시 어린아이가 되어
태양처럼, 바다처럼, 그리고 바람처럼
신의 품 안에서 쉬고 있다.

<나의 창문에서 바라보며>

내 가벼운 보트를 물속에 띄우다

나는 가만히 나무둥치에 묶어 둔 체인을 풀고 내 가벼운 보트를 물속에 띄운 다음, 뒷부분을 들어 해안에서 밀어낸다. 바다는 거울처럼 매끈하며 녹색과 은색으로 반짝거리고, 태양은 정오의 힘을 한껏 발휘하며 작렬한다. 저편의 해안에는 눈처럼 하얗고 둥글게 뭉쳐진 여름의 구름들이 지나가는 파란 하늘이 수면 위에 빛을 발하며 반사되고 있다.

내 뒤로는 키 높은 포플러나무와 아래로 넓고 깊게 늘어진 실버들의 그늘진 초원이 있는 해안이 비껴가고, 해안과 더불어 거기 육지에서 일하고 기뻐하고 슬퍼하고 걱정하는 모든 것들도 함께 뒤로 물러간다. 그것들은 멀어져 알아볼 수 없고, 중요함도 가치도 없어진다.

나는 눈부시게 반짝이는 색채들과 대기 속으로 점점 더 배를 저어 갈수록, 불과 얼마 전의 과거도 점점 더 낯설어지고, 오래되어 이해할 수 없어진다.

집에는 내가 답장을 보내야 할 편지들과, 지불해야 할 청구서들, 내가 가야 할 초대장들, 시작한 작업들, 그리고 펼쳐 둔 책들이 놓여 있다. 이 모든 것들은 내가 바다 쪽으로 천천히 노를 저어 나가는 동안 케케묵고, 어리석고 불필요하고, 기이하게 퇴화한 세계에 속하는 것으로 내게는 보인다. 내가 벗어났고 결코 이해할 수 없는 세계 말이다. 한 석탄 장수가 몇 달 전 내가 그의 석탄을 사서 불을 지폈기 때문에 내게서 돈을 받아내려 한다. 출판업자는 내가 새 책을 써주기를 바란다. 한 친구는 이곳의 거주 및 세금 관련 사항에 대해 소식을 달라고 한다.

내 머리 위에는 수천 년도 더 오래된 거대한 하늘이 파랗게 작렬하며 넓게 펼쳐져 있다. 구름은 태곳적부터의 성스러운 윤무를 따라가고, 고요한 산들은 서늘하게 변함없이 우뚝 서 있다. ― 그 곁에 하찮은 인간적인 일상사와 가련하고 허접스런 인간적인 근심사들이 함께 존재한다니 이 어찌 가능한 일인가! 아니, 그런 것은 더 이상 존재하지 않는다. 그것은 모든 우스꽝스런 것들이 가라앉듯이 가라앉아 전설, 꿈, 그리고 이해할 수 없는 과거가 되었다.

「유유자적하게 보낸 하루」 중에서, 1905년

태양 아래 발가벗고 눕다

태양 아래에 발가벗고 누워 있으면 언제나 즐겁다. 초원 위에서나 해안의 모래 위에 또는 집의 지붕 밑 테라스에서 그렇게 하고 있어도 참 좋다. 하지만 거대한 물 위에서 꽃받침처럼 온기를 받아들여 유지하는 보트 안에 누워 있는 것처럼 좋은 것은 어디에도 없다. 그때 뜨거운 태양의 열기가 피부와 살을 파고들어 뼈에까지 미치며, 그 열기가 너무 뜨거워질 때 재빨리 보트에서 뛰어내리기만 하면 곧 깊고 맑은 물속에 잠기게 된다. 아직 피부가 희고 옷을 입는 데 익숙해진 초여름에는 어려움이 없다. 그러다가 피부가 타고 붉어지다가 껍질이 벗겨진다. 그러면 피부가 단단해지고 갈색으로 변해 햇빛을 차단하게 된다. 그러다가 피부가 스스로를 즐기고 동물처럼 기분 좋게 숨 쉬면서 한껏 좋아지고, 태양, 물 그리고 공기를 마치 자신의 것처럼 느껴지는 시기가 온다. 그때 육체와 영혼의 일치된 감정은 서로 고통스럽게 의존해야 한다는 느낌이 사라진다. 육체가 자유롭고 편안하고 안전하게 느끼는 것처럼 영혼도 습관과 일상성의 옷을 벗어버리고, 경이로움에 젖어 자유롭고 호흡하고 고향과 같은 원천으로 되돌아가기 때문이다. 그리하여 땅과 태양의 아이가 되어 고마워하고, 살아 있는 모든 것과의 친화를 느끼고, 땅의 언어를 다시 이해하는 법을 배운다.

그것은 어린아이가 되고, 파도가 되어 노래하고 꿈꾼다. 그리고 전설과 기적을 체험한다. 모든 시들이 추억이듯이, 그처럼 태양이 비치는 시간에 우리 안에서 유희하는 것들은 기이한 감동과 환상적인 꿈들이며, 아주 먼 옛적, 창조와 태고, "물 위의 정령"에 대한 회상이다.

「유유자적하게 보낸 하루」 중에서, 1905년)

저녁 무렵의 집들

늦은 시각 비스듬히 내리쬐는 황금빛 속에
한 무리의 집들이 고요히 서서 작렬하고,
그들의 하루 일과 뒤 휴식시간은
정교하고 심오한 색채들을 발하며 기도처럼 피어난다.

한 집이 다른 집에 친밀하게 의지하고,
언덕 기슭에서 함께 자매처럼 커 간다,
아무도 배우지 않아도 모두가 할 줄 아는
오래된 소박한 노래처럼.

담벼락, 벽에 바른 하얀 석회, 기운 지붕들,
가난과 자부심, 퇴락과 행복,
그것들은 한낮에 부드럽고 온화하고 깊게
그 열기를 되돌려 반사한다.

금빛으로 물드는 여름 저녁을 한가롭게 바라보다

금빛으로 물드는 저녁 여름을 한가롭게 바라보면서 가볍고 순수한 산중의 공기를 여유 있고 기분 좋게 들이마시는 데서 시작해 자연과 풍경을 친밀하게 이해하기까지는 아직 갈 길이 멀다. 햇살이 따사로운 초원에 드러누워 한가하게 휴식의 시간을 보내는 것은 멋진 일이다. 그러나 산과 시냇물, 오리나무 숲과 멀리 우뚝 솟아 있는 산봉우리들과 더불어 이 초원에 친숙하고 그 땅을 잘 아는 자만이 그러한 풍경을 충분히, 백배는 더 깊고 더 고상하게 즐길 수 있다.

그러한 한 조각의 조그만 땅에서 땅의 법칙을 읽고, 형성과 식생의 필연성을 꿰뚫어보고, 그 필연성을 그곳에 사는 주민들의 역사, 기질, 건축 양식, 말투, 복장과 관련해서 느끼려면 사랑과 헌신, 연습이 필요하다. 그래도 그렇게 노력하면 보람이 있다. 그대가 열성과 사랑으로 친숙해져서 그대의 것으로 만든 땅에서 그대가 휴식을 취하는 모든 초원과 암석은 그대에게 자신의 모든 비밀을 알려주고, 다른 사람들에게는 부여하지 않는 힘으로 그

대를 키워준다.

(「여행에 대하여」 중에서, 1904년)

남쪽의 여름날
(1919년)

부유해진 우리나라 사람들이 아직 방해받지 않고 여행할 수 있던 평화 시에 그들을 여름날에 남쪽 땅에서 만나기란 쉽지 않았다. 전해지는 말로는 여름에 남쪽은 참을 수 없게 더워서 고통이 엄청나다는 것이었다. 그래서 사람들은 차라리 북쪽 땅으로 가서 죽치고 앉아 있거나, 해발 이천 미터가 넘는 알프스의 호텔에 들어가 덜덜 떨며 지내기를 좋아했다. 그러나 지금은 달라졌다. 일찍이 자기네 사람들과 전쟁에서 얻은 부를 남쪽으로 옮겨 놓는 행운을 잡은 사람은 거기에 머무르면서 모든 것을 인내하는 신성한 태양 아래서 이 여름의 축복을 만끽하고 있다. 우리 같이 나이든 외지 독일인들은 뒷전으로 물러나 있다. 우리의 수심 가득 찬 얼굴에다 너덜너덜해진 바지를 입고 감히 모습을 드러내지 못하는 것이다. 그 대신, 몰래 빼돌린 돈으로 여기에서 집, 정원, 그리고 시민권을 사들인 저 신사들이 그럴 듯하게 우리 국민을 대표할 것이다.

이러한 사소한 일들과는 무관하게 매일 아침 태양은 떠오르고, 끝없는 밤나무 숲속에서 새들은 노래하기 시작한다. 나는 빵 한 개, 책 한 권, 연필 하나, 그리고 수영복을 배낭에 집어넣고서 긴 여름날 숲과 호수의 손님이 되려고 내가 사는 마을을 떠난다. 숲속의 나무에 피었던 꽃들은 시들고 벌써 가시 달린 작은 열매들이 가득 열려 매달려 있다. 월귤나무도 이미 철이 지났고, 산딸기들이 무르익기 시작해 이곳 세상은 그것들로 가득하다.

수많은 사랑스런 작은 꽃들, 풀, 이끼, 버섯들과 나는 다시 만난다. 그것들의 이름을 나는 알지 못하는데, 알아내려고 몇 번이고 다시 시도해 보았지만 허사이다. 작은 식물도감을 들고 이 사랑스런 꽃들 사이에 조용히 앉아서 그 이름들을 공부하려는 것이 내 결심이다. 훗날 언젠가 조그만 정원에서 조용히 살면서 야채를 기르고 정원 담장 밖 일에 대해서는 더 이상 생각하지 않으려는 의도와 비슷하다. 이러한 계획들은 아름다우며 우리를 기쁘게 하지만, 그런 것들을 지키기에는 인생이 너무나 짧아 보인다.

어쨌거나 여름이다. 사실 연중 여러 달 동안 추위에 떨면서 석탄 생각을 하지 않아도 되는 여기 남쪽에서, 이 믿기 어려운 황금 같은 여름날들이 몹시 서둘러 갈망하듯 짧은 날갯짓을 하며 지나가고 있다. 마치 태양과 별과 달도 그것들이 지면 뭔가 세계가 곤궁해지리라는 것을 예감한 듯 다시금 바삐 선회를 반복한다. 우리 가련한 인간들도 그렇게 한다. 이 작렬하면서 서둘러 지나가는 여름에 함께 우리의 노래를 부르고 춤을 춘다. 숲속 깊은 곳에 멋지고 은밀한 우리의 보물창고가 있으니, 작지만 서늘한 농부들의 술을 저장한 지하실이 그것이다. 일과가 끝난 후에나 보치아* 놀이가 있는 저녁때면 다정한 사람들끼리 모여 시골 포도주를 한 잔 마시고, 한 조각 빵을 먹으면서 서로 잡담을 나눈다. 여기에서 며칠 동안 나에게는 따뜻하고 조용하며 생각에 잠기게 하는 저녁, 어리석음과 여름의 향기, 애수와 고독, 사색, 순진함으로 가득한 저녁이 지나간다.

점심 식사를 마친 후에 나는 숲 그늘 속에서 월귤나무 덤불과 조팝나무들 사이에 오랫동안 누워서 내가 아는 독일 노래와 스위스 지역 노래를 부르면서, 그 사이에 가지고 온 작고 까만 책을 한 권 펼쳐 놓고 읽는다. 지금 이 순간 나에게는 세상에서 가장 아름다운 책이다. 책 제목은 『알마이드』*로 프란시스 잠이라는 프랑스인이 썼는

---

* 보치아(Boccia): 이탈리아에서 유래한 일종의 공 던지기 놀이.
* 『알마이드(Almaide)』는 프란시스 잠(Francis Jamm, 1868~1938)의 소설 작품.

데, 목가적인 전원을 노래한 축복과 사랑으로 가득 찬 책이다.

그러나 저녁 무렵이 되면 어디 호수나 그 뒤편에 수풀이 우거진 모래밭, 또는 갈대숲과 풀밭을 찾아 갈 시간이다. 호수는 따뜻한 혓바닥으로 저녁놀로 물드는 모래밭을 핥고 있고, 낚시꾼들은 개울 어귀에서 긴 낚싯대를 홀쭉한 장딴지 위에 받쳐 놓고 꿈꾸는 듯이 서 있다. 산들은 저녁의 색조로 물들고, 금빛의 저녁 마술사가 온 세상을 비추며 저물어 간다. 그럴 때 마음속의 슬픔은 몇 시간 동안은 달콤하고 기분 좋게 바뀐다. 태양은 내 갈색의 등을 그을리다가 마침내 첩첩산중 뒤편으로 사라진다. 내 허기진 몸은 다정한 호수가, 두 발은 시냇물이 식혀준다. 우리에게는 소망할 것이 얼마나 많을까 싶지만, 원래 아무것도 없는 것이다. 우리에게 삶은 얼마나 슬픈 것으로 변해버렸는가! 그런데 또 우리가 삶을 그토록 슬프게 받아들인다면, 우리는 얼마나 어리석은가!

마을에서 쌀밥 한 그릇이나 마카로니, 또는 주점에서 포도주를 곁들인 빵 한 조각을 들고 나면, 내가 어디에 있는지를 생각할 시간이 된다. 그리고는 밝은 빛이 비치는 국도를 지나 천천히 귀가 길로 접어든다. 산 위쪽으로 난 보도를 걸어서 낮에 모아진 온기가 꿀처럼 묵직하게

<노랑코>

달려 있어 취하게 하는 어두운 숲속을 지나간다. 이미 수확을 해 버린 밀밭과 포도송이가 주렁주렁 매달려 있는 들판 길을 지나고, 부자들이 사는 별장 정원들 곁을 지나간다. 거기에는 떠오르는 달빛 속에서 무수한 수국이 창백하고 우아한 색으로 빛나고 있는 것이 매혹적이다. 마을로 돌아오니 거의 자정이 다 되어서, 달이 줄무늬 지어 흐르는 구름들 사이로 모습을 보인다. 거무스름하고 키가 큰 나무에서 자라난 잎이 큰 여름목련이 짙은 레몬 향기를 풍기고, 저 아래 호숫가에는 마을들에서 비쳐 나오는 등불들이 반짝이고 있다.

달은 하늘에서 마치 쫓기는 듯이 달리고 또 달린다. 마치 작동하게 하려고 태엽을 감아주고 나서 또 바늘로 쿡 찌른 시계가 갑자기 째깍거리며 세차게 달려가듯이, 마치 시계 바늘이 문자판 위에서 미친 듯 달려가듯이. 인생은 짧다. 그런데 우리는 갖은 노력을 하고 갖은 술수를 부리고 온갖 허비를 하면서 그것을 망쳐놓고 힘들게 만들어버렸다. 단 얼마 동안이라도 좋은 시간을, 단 며칠이라도 따뜻한 여름의 낮과 밤을 실컷 마시면서 즐기기로 하자. 벌써 장미꽃과 등꽃이 두 번째 피어나고, 벌써 낮은 다시 짧아지고 있다. 모든 나무와 잎사귀 뒤에서 허무의 한숨소리가 들려온다.

밤바람이 내 방의 창문 밖 나뭇가지 위에서 살랑거리고, 달빛이 빨간 포석 위로 쏟아져 내린다. 고향의 벗들이여, 너희들은 무엇을 하고 있는가? 너희의 손에 꽃을 들고 있는가, 아니면 수류탄을 들고 있는가? 너희는 아직 살아 있는가? 나에게 다정한 편지를 쓰고 있는가, 아니면 비방하는 기사를 쓰고 있는가? 사랑하는 벗들이여, 너희들이 원하는 것을 하라. 그러나 때때로 잠깐이나마 생각해 보라, 인생이 얼마나 짧은가를!

풀밭에 누워

이제 이것이 전부다, 꽃들이 펼치는 마술은.
빛나는 여름의 초원 위에 펼치는
솜털 같은 색채들도.
부드럽게 펼쳐진 파아란 하늘, 꿀벌들의 노래,

이 모든 것은 지금 신이
탄식하며 꾸는 꿈일까?
구원을 향한 깨닫지 못한 힘의 아우성일까?

먼 산의 산등성이,
아름답고 굳세게 푸르름 속에 누워 있으나,
그것도 다만 경련일 뿐일까?
들끓는 자연의 거친 팽창일까?
단지 비탄일까, 고통일까?
그저 의미 없이 더듬는,
결코 휴식도 갖지 못하고 행복하지도 못한
움직임일까?

아, 아니다! 나를 믿으렴 너, 세상의
고통에 대해 꿈꾸는
불손한 꿈이여!
밤의 야광 속에 춤추는 모기의 춤이
너를 진정시키고
한 마리 새의 울음소리가
너를 진정시키고,
바람의 호흡이 너를 삭여주고
네 이마를 쓰다듬어 식혀준다.

나를 믿으렴, 너 아주 오래된 인간적 고통이여!
모든 것이 괴로움이고,
모든 것이 고뇌이고 그림자일지라도.
그래도 이 감미로운 태양이 비치는 시간은 다르다.
빨간 클로버의 향기도 다르며,
또한 내 영혼 속의
저 깊고 감미로운 쾌적한 느낌도 다를 것이니.

여름밤의 등불

어두운 정원의 서늘함 속에 색색의
현등을 매단 줄들이 따뜻하게 흔들리며
어지러운 잎사귀들 속에서
부드럽고 신비로운 빛을 보낸다.

등불 하나가 밝게 레몬 빛으로 미소 짓고
빨강색 하얀색 등불은 오동통하게 웃는다.
푸른 것 하나는 달이나 정령처럼
나뭇가지에 깃들어 있는 것 같다.

등불 하나에 갑자기 불이 붙었다.
움찔움찔 타오르다 빠르게 꺼져 버린다……
그 자매들이 가만히 몸을 움츠리며 전율하다가
미소 지으며, 죽음을 기다린다.
달빛처럼 푸르고, 포도주처럼 노르스름하고,
비로드처럼 붉은 죽음을.

칠월의 아이들

우리 칠월에 태어난 아이들은
하얀 재스민의 향기를 사랑하며,
무거운 꿈속에 잠긴 채 조용히
꽃피는 정원 옆을 걸어간다.

우리의 형제는 진홍색의 양귀비.
이삭이 여문 밭에서, 뜨거운 담벽 위에서
양귀비꽃은 붉게 쏟아지듯 흐늘거리며 타는데,
바람이 불어와 꽃잎을 흩날린다.

칠월의 밤처럼 우리들의 삶은 꿈을 지고서
그 윤무를 완성하려 한다. 꿈과
열렬한 수확의 축제에 열중하려 한다,
이삭과 붉은 빛 양귀비로 엮은 꽃다발을 손에 들고.

여름 저녁

손가락이 한 편의 시를 쓰는데,
빛바랜 목련꽃이 창으로 들여다본다.
흐리게 반짝이는 저녁 술잔 속에
사랑하는 이의 머리카락과 얼굴이 비친다.

여름밤이 드문드문 별들을 하늘에 흩뿌리고,
젊은 날의 추억은 달빛 환한 잎에서 향기를 풍긴다……
내 손가락이여, 얼마 안 가 우리는 썩어 먼지가 되리라,
내일이나 모래, 어쩌면 오늘 벌써.

뇌우가 치기 전의 한 순간

시꺼멓게 뒤엉킨 구름장 속에서 다시 한 번
태양이 불쑥 모습을 드러내
대기를 뜨겁게 데워 후덥지근하게 만들고,
두려워 떠는 정원의 꽃들 사이에서 야릇하게 미소짓는다.

깊은 암청색 하늘을 배경으로 빨간 집이
타오르는 진사(辰砂)처럼 이글거리고, 창문들이 번쩍이다
가……
다음 순간 모든 것이 꺼지고 만다.
빛은 희미해지고, 어둠 속에서 쉭쉭 노래하는 바람 소리.

이제 밤중에 하얀 소나기가 쏟아져 내리고
비는 무겁게 채찍을 끌며 숲을 후려친다.
번갯불이 눈부시게 번쩍이고 우박이 후두둑 떨어지자
비웃듯 천둥소리가 우르르쾅 굉음으로 날카롭게 허공을
친다.

테신*의 여름 밤

(1921년)

폭염과 가뭄이 오래 지속된 뒤에 비가 내렸다. 오후 내
내 천둥소리가 으르렁거리더니 우박도 조금 떨어졌다.
처음엔 숨 막힐 듯한 무더위가 오더니 그것이 지나자 서
늘한 기운이 부드럽게 퍼지면서 땅 냄새, 돌 냄새, 씁쓸
한 나뭇잎 냄새가 멀리까지 진동했다. 저녁이 된 것이다.

산의 응달진 쪽 숲속에 마을의 술집들이 모여 있다. 동
화 속의 난쟁이 나라처럼 숲속의 조그맣고 환상적인 마
을이다. 돌로 쌓은 박공이 있는 이 조그만 집들은 전면만
있고 뒷벽이 없다. 지붕과 함께 집이 땅에서 사라지기 때
문인데, 그렇게 산속 깊이까지 뚫어 암벽의 술창고를 만
든 것이다. 거기에는 회색 술통에 포도주가 들어 있는데,

---

* 테신(Tessin): 스위스의 최남부에 위치한 주(州)의 이름. 이탈리아어로는 '티치
노', 프랑스어로는 '테생'이라고 부른다. 알프스 산맥 남쪽에 위치하며, 루가노
호수 등이 있어 그 영향으로 스위스에서는 겨울에 다른 지역에 비해 따뜻하다.
헤세는 고향 독일을 떠나 1919년 테신 주의 몬타뇰라(Montagnola)로 이주하
였고, 이곳을 제2의 고향으로 삼아 카사 카무치(Casa Camuzzi)라는 저택에 거
주하면서 작품 활동을 하고 자연과 벗을 삼아 생활하였다.

지난 가을과 그 전 가을에 담은 것이고, 더 오래된 포도주는 없다. 그것은 부드럽고 순하고 포도 맛이 좋은 술로, 붉은색을 띠고 있다. 맛이 서늘하여 과일즙이나 두꺼운 포도 껍질 같이 싸한 맛이 난다.

우리는 숲의 가파른 비탈에 서 있는 한 주점으로 들어가 들쭉날쭉한 층계를 올라가 조그만 테라스 위에 앉는다. 거기에는 한두 개의 테이블을 놓을 공간이 있다. 나무줄기들이 거세게 치솟아 있다. 거대한 고목들로 밤나무, 플라타너스, 아카시아들이다. 그것들은 높이 솟아오르려고 힘쓰고 있으며, 그 무성한 가지들 사이로 하늘이 거의 보이지 않는다. 이따금 나는 비가 내릴 때 여기, 집 밖에 나와 숲속에서 몇 시간이고 앉아 있었지만 비 한 방울도 젖지 않았다. 우리, 외지에서 와 이곳에 기거하는 몇몇 예술가들이 어둠 속에 앉아 있다. 흰색과 파란색 줄무늬가 있는 작은 질그릇에 장밋빛 포도주가 담겨 있다.

우리가 있는 작은 테라스의 바로 밑에 있는 술 창고의 현관 홀에서 불그스레한 불빛이 빛나고 있다. 오랜 밤나무의 무성한 잎들 사이로 우리는 아래를 내려다본다. 램프 불빛을 받아 놋쇠가 정겹게 반짝거린다. 조그만 술잔을 앞에 두고 있는 한 남자의 무릎 위에 호른이 놓여 있다. 그가 호른을 불기 시작한다. 모습이 반쯤만 보이는 옆의 남자는 베이스트럼펫을 집어 든다. 그들이 연주를 시작하자 또 세 번째 가락이 섞여든다. 바순을 연상시키는, 음이 부드러운 목관악기이다. 그들은 자신들이 비좁은 주점 현관에 앉아 있으며 청중이 별로 없다는 것을 잘 알고 있다는 듯이 조심스럽게 삼가면서, 현명하게 연주한다. 그들의 진중한 연주는 전원적이고 유쾌하면서도 진심을 머금고 있다. 감동과 해학이 없지 않다. 박자도 완벽하게 정확해서 정말 활기에 넘치지만, 그 분위기가 완전히 순수하지는 않다. 이 음악은 바로 우리가 마시는 술과 같은 종류의 음악이어서, 선량하고 천진난만하고 전원적이며 믿음직스럽고, 격렬한 자극도, 기교도 없다.

이 음조가 들려오자 우리는 앉아 있던 좁은 벤치 위에서 모두 몸을 돌려 아래를 내려다보았다. 어느새 춤추는 사람들이 와 있었다. 주점 입구의 뜨락에 아직 남아 있는 일광(日光)과 술집 현관에서 새어나오는 램프의 잔광(殘光) 속에서 세 쌍이 춤을 추고 있다. 우리는 무성한 밤나무 잎새 사이로 그들을 바라보는데, 이따금 그들의 모습이 완전히 가려지기도 한다.

처음 한 쌍은 두 명의 조그만 소녀들로 열두 살짜리와 일곱 살짜리다. 큰 아이는 온통 검은 에이프런, 검은 양

<지붕 너머로 바라보며>

말, 검은 구두 차림이고, 작은 아이는 아주 밝은 옷차림으로 흰 에이프런을 두르고 있으며 다리를 드러냈고 발도 맨발이다. 열두 살짜리는 제대로 춤을 춘다. 박자를 엄격히 맞추며 성실하게 추고 있다. 스텝도 실수 없이 밟으면서 잘 하고, 적당한 부분에서 보폭을 빠르게 하기도 하고 머뭇거리기도 한다. 그녀의 얼굴은 진지하다. 아주 진지하다. 창백한 꽃잎처럼 하늘거려 저녁 숲의 축축하고 온화한 어둠 속에서 알아보기가 어렵다. 일곱 살짜리 아이는 아직 제대로 춤출 줄 모른다. 이제야 비로소 배우려는 건지 스텝이 아주 크고, 가만가만 가르치는 파트너의 발뒤꿈치에 시선을 고정하고 따라 하며, 도톰한 아랫입술을 이빨로 살짝 물고 있다. 두 소녀는 진지함과 행복감이 넘쳐나고, 천진한 우아함이 그들의 춤에 감돌고 있다.

두 번째 쌍은 이십대의 두 청년이다. 키가 큰 쪽은 모자를 쓰지 않았는데 짧은 곱슬머리이고, 다른 쪽을 펠트 모자를 머리에 비스듬히 쓰고 있다. 그들은 별로 웃지 않으면서 조금 긴장된 모습으로 춤에 몰두하고 있다. 동작 하나하나를 제대로 하고 가능하면 표현하고 꾸미려고 무척 애를 쓴다. 그들은 맞잡은 손을 멀리 뻗치고, 머리를 목 뒤로 한껏 젖히는가 하면, 때로는 무릎을 깊숙이 굻기도 한다. 둘은 등을 홀쭉하게 만들면서 움직일 때 극한 동작과 섬세함을 보여주려 시도한다. 그들의 열성적인 춤에 목관 악기 연주자는 기뻐하면서 더욱 부드럽게, 양 볼을 더 부풀려 불면서 더욱 애절하게 연주한다. 두 춤꾼은 미소를 짓는다. 키가 큰 청년은 행복한 듯 자신과 자신의 춤에 흠뻑 빠져, 세상 위로 높이 날아오를 듯 열심히 춘다. 다른 청년은 반쯤 장난스럽게 추다가도 쉽게 당황해 하지만, 칭찬을 받기 위해선 조금은 웃음을 사도 괜찮다는 듯하다. 키가 큰 청년이 더 순조롭게 인생을 살아갈 것이다.

세 번째 쌍을 이루고 있는 두 소녀의 이름은 루이기나와 마리아이다. 나는 두 해 전까지만 해도 그들이 아직학교에 다니는 것을 보았었다. 루이기나는 남방(南方) 타입으로 몸이 가볍고 호리호리하며, 여윈 편이다. 늘씬하고 부드러운 다리와 길고 가녀린 목은 애틋한 사랑스러움으로 넘친다. 그와는 달리, 더 부드럽고 훨씬 더 아름다운 쪽은 마리아이다. 얼마 전까지만 해도 나는 그녀에게 반말을 했었는데, 이제는 더 이상 그렇게 할 엄두가나지 않는다. 그녀는 싱싱한 색조가 감도는 강인한 얼굴을 하고 있으며, 양 볼에 강한 붉은 혈색이 감돌고, 날카로운 연푸른색 눈과 풍성한 갈색 머리를 갖고 있다. 그녀의 몸매와 동작은 이미 풍만해서 처녀 티가 나는데, 좀

굼떠 보이지만, 눈빛에는 활력과 견실함이 가득하다. 내가 마을의 젊은 청년이라면, 다른 누구도 아닌 마리아를 택할 것이다. 그녀는 빨간 원피스를 입고 있다. 늘 빨간색 이나 장미색의 옷을 입는다. 마리아가 루이기나와 함께 춤을 추자, 그녀의 빨간 옷이 여기저기 나타났다가는 다시 밤나무 잎들 사이로 사라지곤 한다. 이들 둘은 정말 멋지게 춤을 추면서 행복감에 넘쳐 있다. 더 이상 어린 소녀들처럼 유치한 진지함에 깊이 얽매이지도 않고, 두 청년들처럼 자유분방하거나 우쭐해 보이지도 않는다. 마리아와 루이기나, 두 소녀에게는 우아하고 부드러운 취주악기의 음조가 가장 어울린다. 앞부분의 꾸밈과 도약이 풍부하고 쾌활한 음악 말이다. 그들의 머리 위에서는 녹음 진 숲의 여명이 노닐고, 이마 위에는 홀에서 반사되는 등불의 불빛이 조금 반사되어 반짝인다. 그들의 다리는 박자에 착착 맞춰 종종걸음으로 움직이다 탄력 있게 활보하곤 한다.

저 아래, 검은 구름처럼 무성하게 우거진 밤나무들 뒤에는 아직도 불빛이 흐르고, 음악이 흐르며, 거기에서는 젊은이들이 춤을 추고 있다. 다른 사람들은 홀의 기둥이나 나무줄기에 등을 기대고 구경하면서, 칭찬하고, 머리를 끄덕이고, 웃는다. 그러나 여기 위쪽의 어둠속에는 우리 이방인들과 예술가들이 앉아서 다른 불빛, 다른 공기, 다른 음악에 둘러 싸여 있다. 우리를 매혹하고 감동시키는 것은 저기 있는 저들이 주목하지 않는 것들, 즉 돌 위에 드리워진 나뭇잎 그림자, 블라우스에 감도는 희미한 푸른빛, 일곱 살짜리 아이가 깜찍하게 무릎을 굽혀 하는 인사이다. 저들에게는 대수롭지 않고 당연한 것들을 우리는 열망하고 부러워한다. 하지만 그들은 우리에겐 이미 오래 전부터 싫증난 물건들과 관습들을 호기심을 갖고 지켜보면서 부러워한다. 우리는 원하면 저들에게 내려갈 수 있다. 그들과 섞이고, 그들의 음악에 맞춰 춤을 추는 것이 금지된 일이 아니다.

그러나 우리는 오래된 플라타너스 아래 어둠 속에 앉아서 세 명의 악사가 연주하는 선율에 귀를 기울인다. 밝은 얼굴들 위에 노닐면서 사그라져가는 감미로운 불빛을 바라보고, 내려앉는 어둠 속에서 마리아의 빨간 옷이 아직도 여운을 남기며 사각거리는 소리에 귀 기울인다. 어스름 속에 감도는 마법의 입김과 조그만 전원의 세계를 감싸고 있는 소중한 평화를 고마운 마음으로 호흡한다. 그 세계의 유희는 우리의 눈을 감동시키지만, 그 세계의 고통은 우리의 것이 아니며, 그 세계의 행복도 우리의 것은 아니다.

아래에서 춤추는 형상들이 점차 그림자가 되어가는 동안, 우리는 푸른 질그릇에 장밋빛 포도주를 따른다. 마리아여, 이제 그대의 빨간 옷도 지는 해처럼 어둠 속에 잠겨버린다. 꽃처럼 희고 밝은 얼굴들도 사그라지며 가라앉는다. 주점 현관의 따스한 붉은 불빛만이 더 강렬하게 숨 쉬고 있다. 이것마저 녹아 사라지기 전에 우리는 그곳을 떠난다.

비

미지근한 비, 여름비가
덤불 속에서, 나무들 속에서 솨솨 소리를 낸다.
언젠가 다시 한 번 실컷 꿈을 꾼다면,
아, 얼마나 좋고 행복이 넘칠까!

바깥의 밝은 데에 너무 오래 있었더니
이런 흥분은 내게 익숙하지 않다,
자신의 영혼 속에 머물면서
어느 낯선 곳으로도 이끌리지 않다 보니.

아무 것도 나는 갈망하지 않고, 바라는 것도 없이
어린아이 말투로 나직이 흥얼거린다.
그리고 따스하고 아름다운 꿈속에서
놀랍게도 고향에 돌아가 있다.

마음이여, 너는 얼마나 상처입고 찢기었느냐.
그러니 맹목적으로 파헤치고,

아무 생각도 없고, 알지도 않고,
단지 느끼는 것, 느끼기만 하는 것은
얼마나 축복받은 일인가!

밤에 내린 비

잠 속에까지 그 소리가 들려
눈을 떴다.
지금 그 소리를 들으며 내 몸에도 느낀다.
습하고 서늘한 수천의 소리로 살랑거리며
비는 밤을 가득 채워 간다,
속삭임, 웃음, 신음 소리로.
나는 황홀해져 흐르듯 부드럽게 얽히는
소리들에 귀를 기울인다.

가혹하게 쨍쨍 태양이 내리쬐던
그 모든 여름날의 메마른 소리 후에,
얼마나 은은하게, 얼마나 축복에 떨며
비의 부드러운 탄식이 들려오고 있는가!
아무리 쌀쌀한 체 해도,
거만한 가슴에서 이처럼
언젠가는 흐느낌의 순진한 기쁨이,
눈물의 사랑스런 샘이 솟아 나와

흐르고, 하소연하며, 속박을 풀어
침묵했던 것을 말하게 하고
새로운 행복과 괴로움에게
길을 열어 주고, 영혼을 넓혀 준다.

뇌우 뒤에 핀 꽃

자매들처럼, 모두가 같은 쪽을 향해,
허리를 굽힌 채, 바람 속에 물방울을 떨구며 서 있다.
불안하고 수줍은 듯, 아직도 비 젖어 눈을 못 뜨고,
어떤 것은 약해 부러진 채, 죽어 누워 있다.

그들은 천천히, 아직도 취하고 겁먹은 채,
머리를 다시 사랑스런 빛 속에 내밀고,
자매들처럼, 비로소 미소를 띠운다.
우리는 아직도 여기 있다, 적은 우리를 삼키지 못했다
라며.

몇 시간이고 취한 채 그것을 바라보다가,
나는 어두운 삶의 충동으로부터,
밤과 같은 불행으로부터,
다정한 빛 속으로 되돌아가
감사의 마음으로 그것을 사랑한다.

테신의 어느 숲속 주점 앞 여름밤

플라타너스 줄기에서는 아직도 빛이 유희하고 있다.
둥그렇게 높이 솟은 가지들을 뚫고 아직 푸르름이
술에 비친다. 숲에서는 보이지 않는 여인이
아이들과 이야기하고 있다.
골짜기 마을에서는 음악이 시끄럽게
일요일답게 울리면서 땀 내음을 풍긴다.
거기 바깥의 기운 햇살 아래서
여름의 세계는 아직도 무겁고 뜨겁게 김을 내고 있다.

그러나 여기는 숲속의 잎사귀와 돌들의 숨결이 흐르고,
소박함과 일과 후의 저녁이 수도원처럼 감돈다.
빵 한 입과 서늘한 포도주 잔을
우아한 요술 꿈의 힘으로 경건하게 부여하며,

길가에 핀 고사리가 맵고 강한 향기를 내뿜고,
벌써 숲에서는 산쥐들이 깨어날 것이다.
첫 등장한 박쥐가 엇갈리고 뒤엉킨

나뭇가지들을 뚫고 먹잇감을 뒤쫓는다.
이제 소리에 소리가 죽고, 빛에 빛이 죽어 간다.
날이 지나고, 나무들에서는 밤이 솟는다.
송진과 벌꿀처럼 향기를 내며, 무겁고 짙게
밤이 내려와 어머니처럼 우리를 달랜다.

낮과 더불어 우리가 우리의 세계를
정돈해 불렀던 이름들이 지워진다.
플라타너스, 단풍나무, 물푸레나무, 암석, 집이
녹아 하나로 되고, 다채롭고 다양한 것들은
어머니의 가슴에 다시 몸을 던져
유년시절의 어렴풋한 쾌락에 파묻힌다.
잡초와 버섯은 불안한 향기를 내고, 부엉이가 소리 지
르고,
나무의 어지러운 잎사귀들은 가만히 비틀거린다...

무상함에서 얼마나 복된 향기가 나는가!
정신은 피를, 그리고 낮은 밤을 얼마나 그리워하는가!

클링조어

열정적이고 빠르게 소진되는 생명을 가진 여름이 시작되었다. 뜨거운 낮은 길었지만 불타는 깃발처럼 금방 타올라 사라졌고, 짧고 무더운 달밤이 오고, 그 다음에는 짧고 무덥고 비가 내리는 밤이 이어졌다. 꿈결처럼 빠르게, 형상들로 충만한 채 빛나던 몇 주가 열병처럼 달아오르다가 지나갔다.

클링조어는 자정이 지난 시간에 밤 산책을 마치고 집으로 돌아와 서재의 좁다란 석조 발코니에 서 있었다. 그의 발밑에는 오래된 테라스 정원이 현기증 날 정도로 깊이 가라앉아 있었다. 무성한 나무 우듬지들, 종려나무, 삼나무, 밤나무, 유다나무, 붉은 너도밤나무, 유칼리나무들이 덩굴식물, 리아나*, 그리고 참등에 휘감긴 채 빽빽하고 혼잡하게 들어차서 있었다. 나무들에 의해 생겨난 어둠 위로 큰 양철판 같은 여름 목련의 잎들이 창백하게 반사되어 희미하게 빛나고 있었다. 그 사이로 눈처럼 하얀

---

* 리아나(Lianen): 열대산 칡의 일종.

꽃들이 거대한 봉오리를 반쯤 닫고 있는데, 크기가 사람의 머리통만 하고, 달이나 상아처럼 창백하였다. 거기에서부터 은은한 레몬향이 경쾌하게 새어 나와 위로 스며 올라왔다. 어디 먼데서 음악이 피로한 날개를 달고 날아오는 듯 들렸지만, 기타 소리인지 피아노 소리인지는 구분되지 않았다.

새들을 놓아둔 마당에서 갑자기 공작이 두세 번 소리를 질러 대자, 숲이 우거진 밤은 그 새가 내는 괴로운 소리의 짧고 불길하고 무딘 음향으로 인해 찢겼다. 마치 모든 동물 세계의 고통이 흉하고 날카롭게 심연으로부터 울려 나오는 듯한 소리였다. 숲이 우거진 계곡을 타고 별빛이 흘렀다. 끝없이 펼쳐진 숲 높은 곳에 버려진 듯 홀로 서 있는 낡은 하얀 예배당이 마치 매혹당한 듯 시선을 주고 있었다. 호수와 산과 하늘은 멀리서 서로 뒤엉켜 흐르고 있었다.

클링조어는 속옷 차림으로 발코니에 서 있었다. 맨살이 드러난 팔을 쇠 난간에 기대고, 화끈거리는 눈 때문에 약간 언짢아 져서, 창백한 하늘에 뜬 별들과 구름처럼 검게 덩어리진 숲 위에 펼쳐진 온화한 빛들의 문자를 읽어 갔다. 공작의 울음소리가 그는 정신을 깨워주었다.

그래, 다시 밤이었다. 그것도 늦은 시각이어서, 잠을 자야만 할 때였다. 무조건, 어떤 일이 있더라도. 며칠 밤 동안 계속해서 정말로 잠을 잘 수만 있다면, 여섯 시간 내지 여덟 시간 동안 제대로 잠을 잔다면 원기를 회복할 수 있을 것이다. 그렇게 되면 눈의 화끈거림도 덜하고, 인내심도 생기고, 가슴도 더 진정되고, 관자놀이의 통증도 누그러들 것이다.

그러나 이 여름은 지나갔다. 멋지게 깜박거리던 이 여름의 꿈은. 그리고 그 여름 꿈과 더불어 마시지 않은 수천 개의 술잔이 쏟아졌고, 눈에 띠지 않은 수천 번의 사랑의 눈길도 꺾였으며, 되돌이킬 수 없는 수천 장의 그림들 또한 보이지도 않은 채 사라져 버렸다!

그는 이마와 아픈 눈을 서늘한 쇠 난간에 갖다 대자 잠시 동안 느낌이 나아졌다. 아마 일 년쯤 지나면, 혹은 그 이전에, 그의 두 눈이 보이지 않게 되고 그의 가슴속 불도 꺼져 버릴지 모른다. 아니, 어느 누구도 이 불꽃처럼 타오르는 삶을 오랫동안 지켜나갈 수는 없을 것이다. 그 역시, 열 개의 생을 가진 클링조어 역시 버텨내지 못할 것이다. 어느 누구도 오랫동안 밤낮으로 자신이 지닌 모든 불을, 자신의 모든 화산을 불태울 수는 없으며, 어느 누구도 밤낮으로 계속해서 불꽃 속에 서 있을 수는 없다. 매일 낮 오랜 시간 동안 열정적으로 작업하고, 매일 밤

<보스코>

오랜 시간 동안 열정적으로 생각하고, 계속해서 즐기고, 계속해서 창조하고, 매일 밤 환히 붉을 밝힌 채 감시하는 성채처럼, 그리고 그곳의 모든 창문들 뒤에서는 매일 낮 음악이 울리듯 줄곧 모든 감각과 신경을 긴장시켰었다. 이제 끝이 다가올 것이다. 이미 힘은 많이 소진되었고, 시력도 많이 떨어졌다. 삶은 많은 피를 흘렸다.

갑자기 그는 웃음을 머금으면서 몸을 폈다. 문득 떠오르는 것이 있었다. 이미 여러 번 그렇게 느꼈고, 이미 여러 번 그렇게 생각하고, 그렇게 두려워해 왔다는 사실이었다. 그의 삶에 있어서 좋고 풍요롭고 정열적이던 모든 시절에, 청소년 시절에도 이미 그는 그렇게 살았다. 때로는 환호하고, 때로는 급격히 소진되고 불타버리는 듯한 흐느끼는 심정으로, 술잔을 남김없이 비워버리려는 필사적인 욕망으로, 종말에 대한 깊이 감추어진 두려움으로, 그는 자신의 삶의 양초를 양 끝에 불을 붙여 더 빨리 타오르게 했다. 이미 종종 그렇게 인생을 살았다. 종종 술잔을 남김없이 비우고, 종종 환하게 타오르는 불처럼. 때때로 그 끝은 깊은 무의식적 동면처럼 부드러웠다. 때때로 그 끝은 끔찍하기도 했다. 무의미한 황폐화, 견디기 힘든 고통, 의사들, 서글픈 체념, 무력함의 승리가 이어졌다. 횟수가 거듭될수록 작열했던 기간의 끝은 더 안 좋았고, 더 슬프고, 더 파괴적이었다. 하지만 언제나 또한 살아남았고, 여러 주 혹은 여러 달 이 흐르고 고통과 마비가 지나간 후에는 다시 부활했다. 지하에 있던 불의 새로운 연소와 새로운 폭발, 새로이 활활 타오르는 작품들, 새로이 찬란하게 빛나는 삶의 도취. 그런 식이었다. 그리고 고통과 거부의 시간들, 그 사이의 비참했던 시간들은 잊히고 아래로 가라앉았다. 그것으로 좋았다. 종종 그래왔듯이 그런 식으로 나아가리라.

미소를 머금으며 그는 오늘 저녁에 보았던 지나를 머리에 떠올렸다. 밤에 집으로 돌아오는 길 내내 그는 그녀에 대한 생각으로 부드러운 유희에 빠졌다. 아직 경험이 부족하고 소심한 격정을 지닌 이 소녀는 얼마나 아름답고 따스했던가! 그는 마치 그녀의 귀에 다시 속삭이는 것처럼 부드럽게 유희하듯 중얼거렸다.

"지나! 지나! 카라 지나! 카리나 지나! 벨라 지나!"*

그는 방 안으로 들어가서 다시 불을 켰다. 뒤엉켜 쌓여 있는 작은 책 더미에서 그는 빨간 표지의 시집을 한 권 빼냈다. 시 한 편이 문득 그의 머리에 떠올랐다. 그에게는 형언할 수 없으리만치 아름답고 사랑스럽게 느껴지는

---

* "카라 지나(cara Gina)! 카리나 지나(carina Gina)! 벨라 지나(Bella Gina)"는 이탈리아어로 "사랑하는 지나! 귀여운 지나! 아름다운 지나!"라는 뜻임.

한 편의 시 중에서 한 구절이 떠오른 것이다. 그는 시집을 오랫동안 뒤적이다가 그 부분을 찾아냈다.

나를 그렇게 밤에, 고통에 내맡기지 말아 주오,
그대 가장 사랑스러운 이여. 그대 나의 달 같은 얼굴이여!
오, 그대 나의 인광(燐光), 나의 촛불이여,
그대 나의 태양, 그대 나의 빛이여!

그는 짙은 포도주를 마시듯 이 구절을 깊이 음미했다. "오, 그대 나의 인광(燐光)이여" 그리고 "그대 나의 달 같은 얼굴이여!"라는 구절은 얼마나 아름답고 내밀하며 매혹적인가.

미소를 지으며 그는 높이 솟아 있는 창문 앞을 왔다 갔다 하면서 이 구절을 중얼거렸다. 멀리 있는 지나를 생각하며 "오, 그대 나의 달 같은 얼굴이여!" 하고 소리쳤는데, 그의 목소리는 정겨움이 넘쳐 어둡게 변하였다.

그런 다음에 그는 낮에 오랫동안 작업하고도 저녁 내내 몸에 지니고 다녔던 화첩을 펼쳤다. 가장 애착이 가는 작은 스케치북을 꺼내 펴고서 어제 오늘 그린 가장 최근 그림들을 찾았다. 거기에는 짙은 암벽의 그림자가 드리워진 원뿔꼴의 산 그림이 있었다. 일그러진 얼굴 모양을 본떠서 그린 산이라서, 그 산은 소리를 지르는 듯 했고, 고통에 못 이겨 딱 벌어지는 듯이 보였다. 거기에는 또 산비탈에 있는 반원형의 작은 석조 분수를 그린 그림도 있었는데, 아치형의 담은 그림자로 검게 채워졌고, 그 위에는 꽃이 핀 석류나무가 핏빛으로 빛나고 있었다. 이 모든 것은 오직 그만이 읽어낼 수 있었고, 오직 그 자신만을 위한 암호였다. 순간을 재빠르게 욕심내어 기록한 것이었고, 자연과 마음이 새롭고 강하게 공명하는 순간에 대해 재빠르게 포착해낸 기억이었다. 그리고 이제 색을 넣은 좀더 큰 스케치, 수채화 물감을 칠해서 표면이 빛나는 하얀 도화지들도 있었다. 거기에는 초록 벨벳 위의 루비처럼 새빨갛게 빛나는 숲속에 서 있는 붉은 빌라, 카스티야* 근처의 청록색 산 위에 붉게 걸쳐 있는 철교, 그 옆의 자줏빛 댐, 그리고 장밋빛 길이 그려져 있었다. 그 외에도 벽돌 공장의 굴뚝, 서늘한 연초록색 나무 앞의 붉은 폭죽, 푸른 이정표, 원통처럼 두꺼운 구름이 떠 있는 밝은 자줏빛의 하늘을 그린 스케치도 있었다. 이 스케치는 괜찮아서 그냥 두어도 좋을 것이다. 축사 진입로 부근을

---

* 카스티야(Castiglia): 스페인 중부 지역으로 해발 고도 500~700m 정도의 고지이며 옛날 카스티야 왕국의 중심지였던 곳이다.

그린 그림은 유감스러웠다. 강철 빛 하늘 앞 쪽의 적갈색은 괜찮아서 잘 표현되고 조화도 이루었으나, 반 정도만 완성되었다. 햇빛이 스케치북에 반사되어 눈에 엄청난 통증을 불러 왔기 때문이다. 나중에 그는 냇가에서 한참동안 얼굴을 씻었다. 이제, 불길한 금속성의 푸른색 앞에 칠해진 적갈색은 괜찮았다. 이것은 색조나 곡선을 조금도 왜곡하거나 잘못 표현하지 않았다. 카푸트 모르투움(적색안료)*이 없었더라면 이것을 표현하지 못했을 것이다. 여기, 바로 이 부분에 비밀이 있었다. 자연의 형태들, 위와 아래, 두꺼운 것과 얇은 것의 위치를 바꾸고, 자연을 모방하는 고루한 수단들은 모두 포기할 수 있었다. 색채들도 역시 마찬가지로, 강하거나 둔탁하게, 또는 겹쳐 칠하는 등 수백 가지 종류로 변조할 수 있었다. 그러나 색채로 자연의 일부분을 개작하려 한다면, 몇몇 색채들은 한 치의 오차도 없이 정확하게 자연에서와 똑같은 비례로, 똑같은 긴장 상태로 병치하는 것이 중요하다. 이런 점에서 우리는 여전히 자연에 의존하게 되고, 여전히 자연주의자이다. 비록 당분간 회색 대신에 오렌지색을, 검은색 대신에 크랩랙*을 쓰더라도 말이다.

---

* 카푸트 모르투움(caput mortuum): '벵갈라'라고 불리는 적색안료를 가리킴.

* 크랩랙(Krapp lack): 꼭두서니의 뿌리에서 나오는 염료로 만드는 적색 안료로

그렇게 하루가 다시 소진되었고, 소득은 빈약했다. 공장 굴뚝을 그린 것과 적청색 색조가 있는 다른 그림과, 아마도 분수를 그린 스케치 정도일 것이다. 내일 하늘이 구름으로 뒤덮인다면 그는 카라비나로 갈 것이다. 거기에는 여인들이 빨래하는 장소가 있었다. 만약 또 다시 비가 내린다면 그는 집에 남아서 개울을 유화로 그리기 시작할 것이다. 이제 잠자리에 들어야 한다! 또 다시 한 시간이 지나갔다.

그는 침실에서 속옷을 벗고 어깨 위로 물을 부었다. 물이 붉은 돌바닥으로 철썩 소리를 내며 떨어졌다. 그는 높은 침대에 뛰어 올라가 불을 껐다. 창백한 살루테 산이 창문을 통해 방안을 들여다보고 있었다. 클링조어는 침대에 누워 머릿속에 수천 번이나 그 산의 형태를 떠올려보았다. 숲의 계곡에서 올빼미의 울음소리가 깊고 공허하게, 꿈결처럼, 망각처럼 울려왔다.

그는 눈을 감고서 지나를 떠올리고, 빨래하는 곳에 있는 여인들을 생각했다. 아, 수천 가지의 것들이 대기하고 있고, 수천 개의 잔이 가득 채워져 있었다! 이 세상에 인간이 그려낼 수 없는 것은 아무 것도 없다! 이 세상에 어

매더 레이크(Madder Lake)라고도 부르며, 선명한 황적색이나 보라색을 띤다.

떤 여인도 사랑해서 안 되는 여인은 없다! 무엇 때문에 시간은 존재하고 있을까? 왜 언제나 이 바보 같은 연속만 있고, 들끓어 오르면서 충족되는 '동시'는 없는 것일까? 왜 그는 지금 다시 홀아비처럼, 노인처럼 홀로 침대에 누워 있는가? 짧은 생애 전체를 통해 즐길 수 있었고 창작할 수 있었지만, 늘 노래를 연속으로 부를 수 있을 뿐, 결코 수백 가지의 음성과 악기들이 동시에 울리는 완전한 교향곡 같은 소리가 나지는 않았다.

오래 전, 열두 살 때, 클링조어는 열 개의 목숨을 가지고 있었다. 당시 소년이었던 그는 도둑 놀이를 즐겼는데, 그 도둑들은 각자 열 개의 목숨을 갖고 있었고, 추적자인 술래의 손이나 투창에 닿을 때마다 목숨을 하나씩 잃었다. 목숨이 아직 여섯 개, 세 개, 마지막 한 개 남아 있을 때까지도 도둑은 여전히 술래에게서 빠져나와 자유로울 수 있지만, 열 번째 목숨을 잃으면 비로소 모든 것을 다 잃게 되었다. 그러나 그는, 클링조어는 자신이 가진 열 개의 목숨 전부를 가지고 돌파해 살아남는 데 자부심을 가졌고, 아홉 개나 일곱 개의 목숨으로 살아남는 것은 창피스러운 일로 여겼다. 그 당시 클링조어는 그러한 소년이었다. 세상에 불가능한 일이라곤 하나도 없고, 세상에 어려운 일이라고는 하나도 없었던 믿기지 않는 그

시절에는. 모두가 클링조어를 사랑했고, 클링조어가 모두에게 명령하였고, 모든 것이 클링조어에게 속해 있던 시절이었다. 그는 그런 식으로 계속 행동했고, 언제나 열 개의 목숨을 하나도 잃지 않고 살아갔다. 그리고 결코 충만감을 갖거나 사방에 완전하게 울려 퍼지는 교향곡에는 도달할 수 없었지만 — 지금까지도 그의 노래는 단조롭거나 빈약하지는 않았다 — 그는 연주를 할 때면 다른 사람들보다 몇 대의 현악기를 더 가지고 있었다. 그리고 불 속에 몇 개의 쳇조각을 더, 자루 속에 몇 푼의 동전을 더, 마차에 몇 마리 말을 더 가지고 있었다! 다행스럽게도!

어두운 정원의 적막이 잠자는 여인의 숨결처럼, 충만하게 고동치며 이리로 울려오고 있었다! 공작은 또 얼마나 소리를 지르고 있는가! 불은 가슴속에서 얼마나 활활 타올랐고, 심장은 얼마나 고동치고, 소리 지르고, 고통스러워하고, 환호하면서 피를 흘렸는가. 때는 여기 높은 곳 카스타네타의 멋진 여름이었다. 그는 기품 있지만 오래되어 폐허가 되다시피 한 그의 집에서 멋진 생활을 하면서, 수백 그루의 밤나무가 유충 모양을 이룬 숲의 등성이를 당당하게 내려다보았었다. 이 고귀하고 오래된 숲과 성채의 세계에서부터 늘 아래쪽으로 열심히 길을 내려가면서 공장, 철도, 푸른 전차, 부둣가의 광고탑, 자태를 뽐

내는 공작새들, 여자들, 목사들, 자동차들, 기쁨을 주는 이런 다채로운 장난감들을 바라보고, 화려한 색으로 그려보고 싶은 생각을 하는 것은 멋진 일이었다. 그의 가슴 속에서 생겨나는 이런 감정과 사랑, 그리고 삶의 모든 다채로운 끈과 조각들에 대해 희미하게 타오르는 욕망, 눈으로 보고 형태를 그리고 싶은 이 달콤하고도 거친 강박관념은 얼마나 아름다우면서도 고통스럽고 또 납득하기 어려운 것이었던가! 그러면서도 동시에 은밀하게, 그 얇은 껍질 아래에서는 자신의 행위가 모두 어린아이처럼 천진난만하고 덧없음을 진심으로 알고 있었던 것이다!

짧은 여름밤은 열병이 가시듯이 지나갔고, 안개가 푸른 계곡의 바닥에서 솟아올랐다. 수십만 그루의 나무들에서는 수액이 들끓었고, 클링조어의 선잠 속에서는 수십만 가지의 꿈들이 솟아나왔다. 그의 영혼은 그의 인생의 거울 회랑을 걸어 지나갔다. 거기에는 온갖 영상들이 수십 개로 복제되어 비치고, 매번 새로운 얼굴과 새로운 의미가 마치 주사위 컵 속에서 별이 총총한 하늘이 뒤죽박죽 흔들리듯이 만나서 다시 결합되곤 하였다.

수많은 꿈의 영상들 가운데 한 가지 영상에 그는 매혹되었고 큰 감동을 받았다. 그는 어느 숲속에 누워 있었는데, 붉은 머리칼을 지닌 한 여인이 그의 무릎을 베고 있었고, 한 흑인 여인은 그의 어깨에 기대어 누워 있었다. 또 다른 한 여인은 그의 곁에서 무릎을 꿇고 그의 손을 잡고 손가락에 입을 맞추고 있었다. 그리고 그 주변에는 사방에 여러 여인들과 소녀들이 있었다. 그들 중 일부는 다리가 가늘고 긴, 아직 어린 소녀들이었고, 일부는 한창 피어나는 여인들이었다. 또 일부는 움찔하는 얼굴에서 뭔가를 알고 있는 듯 피곤한 기색이 엿보이는 성숙한 여인들이었다. 이 여인들은 모두가 그를 사랑했고 모두가 그의 사랑을 받고 싶어 했다. 그때 여인들 사이에서 격렬하게 다툼이 일어났다. 붉은 머리의 여인이 손을 재빨리 움직여 흑인 여인의 머리채를 잡아채 땅바닥에 쓰러뜨리면서 자신도 쓰러졌다. 그러자 모두가 서로 달려들어 뒤엉켜 소리 지르고, 모두가 할퀴고, 깨물고, 모두가 고통을 주고받았다. 웃음소리, 분노에 차서 지르는 소리, 고통으로 울부짖는 소리들이 터져 나오면서 서로 마구 뒤섞였다. 도처에 피가 흘렀고, 손톱이 풍만한 육체를 파고 들어 피투성이가 되게 때렸다.

클링조어는 슬픔에 차고 갑갑한 느낌으로 몇 분 동안 꿈에서 깨어났다. 그는 눈을 크게 뜨고서 벽에 난 구멍에 빛이 들어오는 것을 멍하니 바라보았다. 몹시 화난 여인들의 얼굴이 아직도 눈앞에 선했다. 그들 가운데 상당수는 니나, 헤르미네, 엘리자베트, 지나, 에디트, 베르타 등, 그가 이름을 알고 있는 여인들이었다. 그는 여전히 꿈속에 있는 상태에서 잠긴 목소리로 외쳤다.

"이봐요, 그만들 둬요! 당신들은 거짓말을 하고 있어요. 그래요, 나를 속이고 있어요. 당신들끼리 잡아 뜯을 것이 아니라 나를, 나를 그렇게 해요!"

(『클링조어의 마지막 여름』 중에서, 1919년)

<우리 마을>

클링조어의 여름에 대한 기억

벌써 십 년이다, 클링조어의 여름이 작열한 지가.
그리고 내가 그와 함께 더운 여러 날 밤 내내
포도주와 여인들 곁에서 그토록 길 잃은 채 한창 꽃피우며
그의 취한 클링조어의 노래들을 부른 지가!

지금의 밤들은 얼마나 다르고 냉랭하게 보이는가.
어쩌면 이토록 고요히 나의 날이 지나가는가!
설령 마법의 주문 하나가 나에게 예전의 도취를
다시 가져오더라도 - 나는 이제 그것을 원하지 않는다.

서둘러 굴러가는 바퀴를 더 이상 거꾸로 돌리지 않고,
피 속에서 나직하게 흐르는 죽음을 고요히 긍정하고,
생각해 낼 수 없는 것을 더 이상 원하지 않는 것,
그것이 지금 나의 지혜, 내 영혼의 자산이다.

다른 행복, 새로운 마력이 그때부터
이따금 나를 사로잡았다. 다만 거울이 되겠다는 것.

몇 시간 동안이나마, 라인 강에 달이 어리듯, 그 가운데
별들과, 신들과, 천사들의 영상이 머무는 그런 거울이.

화려한 여름

아름다운 날씨가 며칠이 아니라 몇 주일씩 계속된 화려한 여름이었다. 아직 유월이어서 마침 건초를 거두어들이는 시기였다.

어떤 사람들에게는, 물기가 많은 습지에서 갈대가 햇볕에 이글거리고 더위의 열기가 뼈에 스며드는 그런 여름보다 더 멋진 것은 없다. 그런 사람들은 자신들이 좋아하는 시기가 오면 온기와 쾌감을 마음껏 빨아들이면서, 그렇지 않아도 대개는 별로 하릴없는 그들의 한가한 생활을 다른 사람들은 결코 누릴 수 없을 정도로 향락적으로 즐긴다. 나도 그런 사람들의 부류에 속한다.

(『대리석 공장』 중에서, 1903년)

한 여름의 파란 하늘에 뜬 구름

　파란 하늘의 절반쯤 높이에 하얗게 고요히 떠 있는 작은 조각구름만큼 진정으로 한 여름의 따스함을 표현해 주는 것은 없다. 그것들은 빛으로 가득 채워져 투사되고 있어서 오랫동안 바라볼 수가 없다. 그 구름들이 없다면 파란 하늘에서도, 강 수면의 반짝임에서도 얼마나 더운지 종종 전혀 알아차릴 수 없을 것이다. 그러나 물거품처럼 둥그렇게 말린 정오의 구름이 흘러가는 것을 보면, 갑자기 태양이 이글이글 타오르고 있는 것처럼 느껴져 그늘을 찾아서 손으로 땀 나는 이마를 쓸게 되는 것이다.

(『수레바퀴 밑에서』 중에서, 1905~06년)

하얀 구름

오, 보라, 그것들은
잊혔던 아름다운 노래의
나직한 선율처럼
또 다시 파란 하늘에 떠간다.

어떤 마음도 오랜 항해를 통해
온갖 방랑의 고통과
기쁨에 대해 알지 못하고서는
그것을 이해하지 못한다.

나는 하얀 것, 느슨한 것을 사랑한다,
태양과 바다와 바람처럼,
그것들은 고향이 없는 사람들에게
형제이자 천사가 되므로.

팔월

여름 중 가장 아름다운 하루였다.
지금 그것은, 조용한 집 앞에서
꽃향기와 감미로운 새들의 날갯짓 속에서
되돌아올 수 없이 은은히 울려 퍼진다.

이 시간에 여름은, 가득 찬 그의 술잔에서
붉게 타오르는 놀 속으로
금빛 샘물을 넘칠 듯 부어 넣어
그의 마지막 밤을 자축하고 있다.

(1899년)

한여름의 두 그루 나무

　이제 한여름이다. 벌써 몇 주 전부터 커다란 여름목련 나무가 내 방의 창문 앞에 활짝 꽃을 피우며 서 있다. 그 나무는 남쪽 지방의 여름을 상징한다. 언뜻 보기에는 느긋하고 무관심하고 느린 듯하지만, 사실은 다급하면서도 흥청거리듯이 풍성하게 꽃을 활짝 피워낸다. 눈처럼 하얗고 커다란 꽃받침 가운데에는 늘 몇 개 안 되는, 많아야 여덟 개 내지 열 개 밖에 안 되는 꽃잎이 동시에 피어난다. 그 나무는 두 달 가량 꽃을 피운다. 그 동안에 꽃들은 항상 같은 크기로 피어있는 모습을 보여준다. 하지만 이 멋진 커다란 꽃잎들은 너무나 쉽게 지고 만다. 그것들 가운데 이틀 이상 사는 꽃잎은 없다. 대개 이른 아침에 창백한 녹색을 띤 꽃봉오리에서 꽃이 피어난다. 그것은 순수한 백색이다. 마치 마법 속에서 나타난 듯 비현실적인 모습을 띠면서 하늘거리며, 하늘을 받치는 거대한 아틀라스의 하얀 기둥처럼 빛난다. 그리고 어둡게 반짝이는 강인한 상록수 잎사귀들은 하루 동안 젊음을 간직한 채 찬연히 빛나며 하늘거린다.

그런 다음에 조용히 색이 바래기 시작한다. 그 가장자리가 노랗게 변해가기 시작하면서 형태를 잃어간다. 피로에 지쳐 굴복해간다는 감동적인 표현이 어울리게 늙어가기 시작하는 것이다. 이 모든 노쇠현상도 겨우 하루 밖에 걸리지 않는다. 그러고 나면 하얀 꽃송이의 색은 이미 바래져 있다. 연한 계피 색으로 변해버린다. 그리고 어제만 해도 마치 아틀라스 기둥처럼 단단했던 꽃잎들이, 오늘은 섬세하고 부드러운 천연가죽처럼 힘없이 늘어진다.

그 목련나무는 꿈처럼 경이로운 물질이었다. 마치 숨결처럼 부드러우면서도 확실하고 실팍한 물질이었다. 그렇게 나의 거대한 여름목련나무는 매일같이 눈처럼 순백한 꽃잎을 피우며 늘 같은 모습을 띠었었다. 꽃잎들에서 풍기는 섬세하고 자극적이며 진귀한 향기를.

그것은 신선한 레몬 냄새를 상기시키며 내 서재로 불어왔다.

거대한 여름목련나무는, 북쪽 지방에서 알려진 봄목련나무와 혼동하면 안 된다. 그 나무는 그처럼 아름다우면서도 늘 나의 다정한 친구만은 아니었다. 어떤 계절에는 나는 근심 어린 생각에 잠겨, 사실은 적대감을 갖고 그 나무를 바라보던 때도 있었다. 그 나무는 자라고 또 자랐다. 그것은 십 년 동안 내 이웃으로 머물면서 너무나도 무성하게 뻗어나갔다. 그래서 아침에 비치는 얼마 안 되는 햇빛도 봄가을의 몇 달 동안은 그 나무에 가려져 내 방의 베란다에는 내리비치지도 않고 그냥 지나가 버리는 것이었다. 그 나무는 거인처럼 자라버렸다. 어떤 때 보면 수액을 철철 내뿜으면서 격렬하고 무성하게 성장하는 것 같다. 마치 강인한 힘으로 신속하게 위로 뻗쳐나가면서도, 어딘지 눅눅하게 흐늘거리는 젊은이처럼 보인다.

그러다가 한 여름 꽃 피는 시절이 되면, 그것은 화려하고 충만하고 부드러운 위엄을 띠며 서 있다. 바람 속에서도 꿋꿋하게 빛나면서 덜그럭 덜그럭 소리를 낸다. 마치 니스 칠을 한 듯 나뭇잎들이 반짝거린다. 그러면서 너무나도 부드럽고 아름다우면서 너무나도 덧없는 자신의 꽃잎들을 보호하려고 애쓰고 있다.

커다랗고 창백한 꽃잎들을 거느린 이 거대한 나무 건너편에는 다른 나무가 한 그루 서 있다. 그것은 난쟁이처럼 왜소한 나무이다. 그것은 내 작은 베란다 위의 화분 속에 심어져 있다. 이 둥그스레한 모양을 한 난쟁이나무는 실측백나무로 키가 채 일 미터도 안 된다. 하지만 벌써 수령은 사 년 정도 되었고, 작은 마디가 있으며 자의식이 강한 난쟁이 나무다. 조금은 감동적이고 조금은 우스꽝스럽다. 위엄으로 가득 차 있으면서도 마치 기인처럼 웃음을 자아내는 자극적인 모습이다. 나는 그것을 최근에 생일 선물로 받아서 그곳에 세워놓았다. 그 나무는 개성이 강하다. 가지들은 마치 이미 수십 년 동안 폭풍에 시달려 마디가 생긴 것처럼 보이지만, 사실 그 길이는 겨우 손가락만 하다.

그 난쟁이나무는 건너편에 서 있는 다른 거대한 여름목련나무를 무관심한 듯이 건너다보고 있다. 그 거대한 나무에 매달린 꽃잎 두 개만 합쳐도 그 기품 있는 난쟁이 식물을 덮어버리기에 충분할 것이다. 하지만 그 여름목련나무는 난쟁이나무에게는 방해가 안 된다. 그것은 포동포동 살찐 거대한 목련나무에게 전혀 시선도 주지 않는 것 같다. 그 나무의 잎사귀 하나의 크기만 해도 그 난쟁이 식물 전체를 덮을 만큼 큰 데도 말이다. 그 난쟁이 식물은 작은 기념비처럼, 깊은 생각에 잠긴 듯, 아니면 자신 속에 침잠한 듯 독특한 모습으로 서 있다. 그것은 아주 나이 많은 나무처럼 보인다. 인간 세상에서도 난쟁이들은 종종 형용할 수 없을 정도로 나이가 많아 보이거나, 혹은 전혀 시간의 흐름과는 무관한 것처럼 보이듯이 말이다.

몇 주일 전부터 우리는 강렬한 여름 더위에 완전히 점령되었다. 그래서 나는 덧문을 닫아놓은 채 내 작은 방

속에 갇혀 살고 있다. 저 거대한 나무와 난쟁이 식물만이 나와 교류하는 동료들이다. 거대한 목련나무는 나한테는 성장하는 모든 것, 충동적이며 자연스런 모든 생명들의 상징이다. 또한 아무런 근심 없이 탐욕스럽게 풍성해지는 것의 상징이고 유혹의 소리처럼 여겨진다.

침묵을 지키는 난쟁이 식물은 그와는 전혀 다르다. 그것은 별로 많은 공간을 필요로 하지 않으며 낭비하지도 않는다. 그것은 자연이 아니라 정신이다. 충동이 아니라 의지이다. 사랑스런 작은 난쟁이 식물이여, 깊은 생각에 잠겨 있는 너는 얼마나 경이로운 모습이냐! 태곳적의 나이를 지닌 채 거기 서 있는 너는 참으로 강인하구나!

건강함, 씩씩함, 생각 없는 낙관주의, 모든 심각한 문제 따위는 웃으며 거부하기, 공격적으로 던지는 질문을 겁내며 거부하기, 순간을 즐겨가면서 얻는 살아가는 기술 — 이런 것들이 우리가 사는 시대의 좌우명이다.

이런 식으로 요즘의 시대는 세계 대전을 치른 부담스러운 기억을 허위를 내세워 잊어버리려고 한다. 마치 아무런 문제가 없는 듯이 과장하여 행동하고 미국적인 것들을 모방한다. 살찐 아기처럼 분장을 한 배우도 일부러 과장해서 어리석은 모양으로 꾸민다. 믿기 어려울 정도로 행복해 하면서 활짝 웃는다. 영어로 "스마일링"이라고 하던가.

이 낙관주의 유행이 판을 치고 있다. 사람들은 매일 새로 환하게 빛나는 꽃잎들로 치장을 한다. 새로운 영화 스타들의 사진을 내걸고, 새로운 신기록 숫자들을 보며 즐거워한다.

이 거창한 것들은 모두가 한 순간의 위대함일 뿐이다. 이 온갖 그림들과 기록적인 숫자들은 단지 하루살이 같은 것들이다. 하지만 그것에 의심을 갖고 묻는 사람은 아무도 없다. 사실 끊임없이 새로운 것들이 등장하기 때문이다.

어쩐지 지나치게 고가로 팔리는 너무나도 어리석은 이 낙관주의. 그것은 전쟁과 비참함, 죽음과 고통마저도 그저 사람들이 환상으로 떠올리는 아둔한 것쯤으로 치부한다. 그러면서 어떤 근심이나 문제 따위도 알려고 들지 않는다. 이 지나치도록 거인주의가 된 미국식 모형을 따서 키워진 낙관주의 때문에 사람들의 정신도 역시 과장되거나 억눌리면서 자극 받는다.

정신은 이중성을 갖고 비판하지 않을 수 없으니 심각한 문제를 띠는 것이다. 그래서 적대감을 갖고서 분홍빛 어린아이 세계 같은 모습은 모두 거부하려고 한다. 유행을 따르는 철학자들의 저서나 잡지들의 책장 속에 그런 것이 반영되고 있다.

나의 이웃인 두 그루의 나무.

경이로운 생명력이 넘치는 목련나무와 놀랍게도 물질에서 멀어져 순수하게 정신으로 변한 난쟁이 식물의 분재 사이에 앉아서, 나는 그 두 가지 식물의 대립이 벌이는 유희를 관찰하고 있다. 그것에 대해 생각에 잠기며 더위 속에서 약간 졸기도 한다. 담배를 조금 피우면서 저녁이 되어 서늘한 공기가 숲으로부터 불어올 때를 기다린다.

(「대립되는 것」 중에서, 1928년)

여름의 절정

먼 곳의 푸른빛은 이미
정신적으로 맑아지고 빛을 받아
구월만이 만들어 내는
저 감미롭고 매혹적인 색조를 띤다.

무르익은 여름은 밤사이에
축제를 위한 색채로 치장하려 한다.
모든 것이 다 완성되어 웃고
기꺼이 죽으려 하고 있으므로.

영혼이여, 이제 시간으로부터 벗어나라.
너의 근심으로부터 벗어나라.
그리고 고대하던 아침을 향해
날아갈 준비를 하여라.

오래된 공원

오래 되어 무너질 듯한 담벼락,
틈새에 자라난 이끼와 난쟁이 양치식물.
검은 주목(朱木) 사이로 빛난다,
눈부시게 갈라진 태양의 불길이.

밖에서는 팔월이 이글거리며 작렬한다.
여기 이끼 낀 은신처에는
회양목 울타리가 싸한 향기를 내리 뿜는다,
붉은 카네이션이 흘리는 촉촉한 피에 젖은 채.

잡초 아래에는 검고 축축한 땅이
풍요롭고 걸쭉하게 펼쳐지고,
위에는 오래되어 앙상한 나뭇가지들이
서둘러 성글게 뒤얽힌다.

녹슨 빗장 뒤에는
속삭이던 노래와 전설이 잠들어 있고,

문(門)이 지키고 있으니 아무도 감히
그 안의 비밀을 열지 못한다.

여름의 편지들

I.

존경하는 헤세 선생님!

이번에는 1,100미터 높이의 산 위에서 이 글을 쓰고 있습니다. 그러니 이곳의 엄청난 더위 속에서도 이 편지를 쓰려고 결심한 저를 선생님은 진정으로 높이 평가하셔야 합니다. 하지만 저는 최소한 지난 번 선생님의 편지에 대해 감사의 말씀을 드리고 싶군요. 아마도 우리는 결코 의견이 일치하지는 못할 겁니다. 사실, 저는 우리 같은 학교 교사들에 대한 선생님의 과민반응은 너무 지나쳐서, 선생님께서는 우리 사이에 그러한 합일점 같은 것은 전혀 기대할 수 없다고 여기시겠지요.

이런 일은 이제 그만 하기로 하지요! 지금은 여름이고 휴가철이니, 이런 물음들은 모두 내려놓아야 합니다. 그러나 한 가지는 제가 선생님이나 다른 누구와도 진심으로 일치하는 것이 있으니, 다름 아니라 금년 여름의 정말로 지옥 같은 무더위입니다. 심지어 여기 산 위에서는 이 태양의 이글거림이 모든 힘과 하고자 하는 의욕을 마비시켜버립니다. 선생님께서도 늘 마음을 주셨던 이곳 가난한 사람들에게는 더 안 좋은 일입니다. 『신소식』지를 위해 일하는 저의 사촌이 그저께 추산한 바에 의하면, 슈바벤과 프랑켄* 지역만 해도 올해의 기근으로 거의 400만 마르크에 달하는 피해가 발생했거나, 거의 발생할 정도라고 합니다. 비가 풍부하게 내린다면 아직 많은 것을 구제할 수 있을 것입니다. 하지만 아쉽게도 그런 일은 감안할 수 없을 것처럼 보이므로, 우리는 그저 인내하려고 합니다.

선생님께서 계시는 보덴 호수 지역도 훨씬 더 더울 테니, 저는 선생님을 생각하면서 스스로를 위로하려 합니다. 물론 그 대신 선생님께서는 수영할 멋진 기회도 가지시겠지요!

잠깐씩 소풍을 나갈 때마다 심하게 피해를 입은 농부들의 한탄 소리를 듣는 것은 정말로 슬픈 일입니다. 우리 같이 오랫동안 도시의 더위에 시달리면서 시골을 그리워한 사람은 늘 시골 사람들을 부러워하는 경향이 있습니다만, 올해에는 사실 유감입니다. 어제는 제가 머무

---

* 슈바벤(Schwaben)과 프랑켄(Franken): 이곳은 독일의 남중부와 남서부 지역이다.

는 하숙집 주인이 시들어가는 어리고 아름다운 자두나무 두 그루를 보여주더군요. 물론 그 나무들의 영양 상태는 아주 형편없었습니다. 바로 자연은, 아무리 인간 중심적으로 상상해보더라도 잔인하며, 인간적인 목적과는 다른 목적을 지니고 있습니다.

선생님으로부터 다시 소식을 들을 기회가 있다면 기쁘겠습니다. 어쨌거나, 선생님께 호의를 지니고 있는 이 늙은 적수가 인사드립니다.

율리우스 크나이어 드림

II.

존경하는 크나이어 선생님!

선생님의 호의 어린 서한에 감사드립니다. 두 그루의 자두나무 이야기는 안타깝군요! 하지만 선생님의 하숙집 주인은 아마도 그 손실을 잘 견뎌낼 수 있을 겁니다. 화창한 날씨에는 분명 그의 집이 온통 여름의 신선한 식물들로 가득 찰 테니까요.

유감스럽지만 이제 저는, 귀하의 모든 귀중한 말씀들과 더불어 선생님의 다정한 서한에도 불구하고 저로서는 직접 비판과 반박을 하지 않을 수 없다고 고백해야겠습니다. 자연이 잔인하다는 말은 저도 이미 사람들이 말하는 것을 들어왔습니다. 하지만 바로 그런 말이야말로 전형적으로 인간 중심적인 견해입니다. 그리고 자연이 뭔가 목적이 있다는 것 또한 저는 믿지 않습니다. 자연은 그냥 존재합니다. 거기에 그냥 있으면서 활동하고 있는 것입니다. 우리도 거기에 속합니다. 그래서 만약 우리가 '자연'에 대해 생각을 하면서 그것을 뭔가 낯설고 적대적인 것으로 느낀다면 우리는 분명 잘못하고 있는 것입니다.

존경하는 선생님, 저는 선생님이 선생님의 사촌을 얼마나 생각하고 계시는지 압니다. 그리고 그 분의 공로에 대해서도 의심하지 않습니다. 그러나 그가 계산해 낸 피해액은 저에게 전혀 공감을 주지 않습니다. 지난해에 그는, 이번에는 홍수 때문에 훨씬 더 큰 피해액을 계산해 냈었지요. 그렇다면 올해에는 분명 물이 덜 범람했어야 했겠군요? 그러나 선생님의 사촌은 오직 그의 머릿속이나 수첩에만 있을 뿐 어디에도 없는 정상적인 해에 기준해서 계산해 내고 있는 것입니다. 그런 것을 저는 완전히 자의적으로 호도하는 것이라고 여깁니다. 어쩌면 다른 때에도 아무런 결실을 거두지 못했을 일부 나무들이나 들판이 아무런 결실도 맺지 못한다는 것은 사실 그다지 끔찍한 일은 아닙니다.

저의 집 옆으로도 오늘 자동차 한 대가 지나갔습니다. 그 차에서 어쩌면 한 부유한 미국인이 내려 저에게 먼 사촌이라고 인사를 하고서 200탈레르의 가치가 나가는 선물을 저에게 했을 수도 있겠지요. 그러나 거기에서 아무도 안 내렸으므로, 저는 오늘 200탈레르의 손실을 본 셈인가요. 정원 안에 일어난 차 먼지는 전혀 계산하지 않더라도요.

보십시오. 우리는 선생님의 호의적인 노력에도 불구하

고 언제나 서로 '적수'로 남게 될 겁니다. 선생께서 교사라서가 아닙니다. 저는 제가 높이 평가하고 또 친분도 맺고 있는 교사들을 실로 많이 알고 있으니까요. 다른 이유 때문입니다. 예를 들자면, 선생님께서는 언제나, 언제나 뭔가 불평하고 비난할 것을 갖고 계시기 때문입니다.

선생님께서는 몇 달 전부터 선생님의 여름휴가를 위해 좋은 날씨를 열렬히 바랐습니다. 그리하여 이제 이 소원이 그처럼 멋지게 이루어졌는데, 선생님은 오직 불평하는 것만 알고 계십니다. 외출하시면 오직 햇볕에 그을은 초원과 시들어가는 과일나무나 감자 무더기들만 보십니다. 선생님은 산과 빙하들, 개천의 골짜기들과 암벽들을 보이지 않으십니까? 그리고 그것들이 누군가 수년 전부터 보아온 것보다 더 맑고 더 빛나고 더 다채롭게 보이지 않으십니까? 하지만 그런 것들에 대해서는 선생님은 아무 말씀도 하지 않습니다. 그리고 선생님은 늘 불평할 것만 있고 만족하지 못하는 사람들을 만나십니다! 자두나무와 곡식이 자랄 들판을 가진 그 농부의 말도 맞겠지요! 하지만 선생님은 태양을 보면 진심으로 즐거워하는 병자, 찬란한 휴가철을 환호하며 즐거워하는 어린아이들, 금년에 더 빛나고 더 아름다운 자신들의 짧은 생애를 여느 때보다 더 즐기는 풍뎅이와 나비들, 도마뱀, 그리고 다른 태양의 친구들은 보이지 않으십니까?

저로 말씀드리면, 이 더운 여름이 저에게는 엄청난 기쁨을 주고 있습니다. 비록 산 위에 올라가 앉아 있지 않고 여기 아래에 있으며, 또 마음에 드는 날에는 언제든 몇 시간 동안 정원에 나가 물을 날라야 하는데, 더위 속에서 쉬운 일은 아니지만요. 그 대신 여름에 맞는 더위와 밝은 날씨를 보게 되는 것이지요! 저는 벌써부터 가을이 조금 두려워진다고 고백해야겠습니다. 지금은 일단 너무나 멋지게 햇볕에 그을렸고 햇빛과 더위에 익숙해졌기 때문에, 그것과 작별하는 것이 저에게는 미리 앞서 힘든 일이지요. 그래서 그것을 피해 구월에는 홍해를 거쳐 실론과 수마트라로 여행하려고 결심했습니다.

선생님은 이제 또다시 이것이 순전히 저의 반항정신이라고 여기시겠지요. 하지만 그렇지 않습니다. 비록 선생님이 언제나 반대편에 서시는 것을 보고 또 선생님과 일종의 대척 관계에 있는 것이 어느덧 제게 즐거움이 되었지만 말입니다. 보십시오. 선생님은 늘 탓하고 불평하는 곳에 서 계십니다. 찬란하게 빛나는 빙하가 아니라 바싹 메마른 감자밭을 보고 계시며, 즐거워하는 아이들과 여행객들과 나비들을 옳다고 여기지 않고, 탄식하는 농부들과 사려 깊지만 위험한 선생님의 사촌을 옳다고 여기

십니다!

　그러나 삶에 대한 저의 의견은, 어린아이들과 나비들이 있는 곳에 가 있는 것이 더 낫다고 여기고 있습니다. 그리고 어디서나 생명과 자연이 옳다고 보고 어디서나 그것들을 시인하는 것이 더 낫다고 봅니다. 더위와 모기가 저를 잠들지 못하게 할 때면, 저도 역시 신경이 곤두서고 한숨을 푹푹 내쉬는 밤이 많습니다. 하지만 저의 약점을 가지고 무슨 시스템을 만들거나 저의 불만을 자연에 맞서 비난하는 것으로 삼지는 않습니다. 무슨 도덕심이나 이론이 있어서 그런 것이 아니라, 그 반대가 아무런 가치가 없고, 우리는 어디서도 자연에 영향을 줄 수 없기 때문입니다. 인간이 어쩌면 조금은 영향을 주고 통제할 수 있는 것은 자신의 의지입니다, 그것도 사실 의심할 만한 것이기는 하지만.

　그러나 어쨌건, 저는 제가 지닌 약간의 자유를 자연의 의지를 제 의지로 만들고, 비가 오거나 날씨가 더우면 그것이 제 의지에 따라 일어난다고 생각하는 데 사용하려고 노력하고 있습니다. 저는 제 머리로 할 수 있는 것을 벗어나 자연이 하거나 내버려두는 것에 맞서 싸우려 하지 않습니다. 오히려 제 안에서 이 영원한 자연에 대적하고 그럼으로써 제 삶을 어렵게 만들려 하는 것에 맞서 싸우고 있습니다. 따라서 학교 문제나 교육 문제에 있어 우리가 결코 하나로 의견일치가 안 되는 것도 바로 이 점에서입니다.

저는 인간에게 자연에 맞서 생각해낼 수 있는 모든 권리가 있음을 인정합니다. 인간은 자연을 이용하고, 속이고, 자연의 돌아가는 물레방아를 조정할 수 있습니다. 하지만 인간이 지닌 약간의 정신과 자유를 자연에 대해 불평하고 의심하거나, 아니면 자연에 대해 뭔가 이론적인 태도를 취하는 것은 어리석고 유감스런 일이라고 봅니다. 저는 비관적인 철학이라 해도 그것이 아름답고 관대한 철학이라면 다른 철학에 대해서와 마찬가지로 존경합니다. 정신이 이룩한 아름답고 감동적인 업적으로서 말입니다. 그러나 실용적인 비관주의는 전혀 중시하지 않습니다. 선생님은 바로 이런 비관주의로 괴로워하고 계시며, 그 때문에 전혀 만족하지 못하십니다. 선생님의 훌륭하고 멋진 직업은 사실 그 정반대를 전제로 하고 있기 때문이지요.

수마트라에 가면 선생님께 다시 안부를 드리겠습니다. 거기서는 제가 어떻게 지내게 될지 모릅니다. 하지만 거기에서도 가능하면 모든 것에 대해 긍정하고, 가능하면 어디서나 선생님을 존경하면서도 시종일관 선생님의 적수로 머물고 싶은 의지를 가지고 있습니다.

헤르만 헤세 드림

(1911년)*

---

* 이 해에 헤세는 실제로 모든 것을 내려놓고 인도여행을 떠나 먼저 실론(인도 남쪽의 작은 섬)과 수마트라 등지를 방문했으나, 사정이 있어 인도는 방문하지 못하고 귀국하였다. 그러나 1913년에 동방여행기인 『인도에서』를 출간했다.

뇌우의 징후

천둥소리가 고양이가 유희하듯 환상적으로
작은 북을 쳐대며 반나절 내내 그르렁거린다.
때로는 잠이 든 듯 사그라지다가,
때로는 앞발을 내밀며 더 격렬하게 으르렁거린다.

이따금 그 소리는 한숨 소리로 들려오고,
아직은 멀리서, 우선은 시험하듯
엄청난 몰락의 음향으로 강해지다가,
그 후에는 떨리는 소리로 바뀌며 다시 나직이 그르렁거
린다.

이제 마음껏 북을 쳐대면서
울림소리 하나하나에 오랫동안 즐기듯 귀 기울다가,
변덕스레 다시 멈추어, 더 이상 깨어나지 않을 것 같
다……
그러자 사람과 동물, 그리고 땅은 비가 내리기를 갈망
한다.

삼복(三伏)

지금, 시든 채 매달린 금잔화에,
갈색 돌에, 금빛 먼지 속에,
누렇게 변해가는 아카시아 잎에
여름은 넘칠 듯이
작렬하며 스스로 타오른다!
메마른 열매 꼬투리에서 검은 씨가 바스락거리고,
저녁이면 별들이 너무 익어버린 듯,
고열에 뛰는 맥박처럼
짓눌린 날씨에 이글거리는 창공에 무겁게 매달린다.
막 즐겁게 퍼붓는 소나기 속에서,
축축해진 생명이 유희하듯 질주할 때,
여름은 분노하듯 언덕을 따라 높은 곳으로
헐떡거리며 올라간다. 더 오래 지속할 생각이 없이,
도취와 희생의 기쁨을 갈망한다.
죽음이 여름을 부르면서, 말라빠진 말을 타고
달려와 땅을 지치게 하고, 시들게 하고, 다시 태워버린다.

그러자 잎사귀와 풀은 한숨을 내쉬며,
힘겹게 바스락거리고 유리처럼 달그락거린다.

호숫가의 무더운 여름날

올 여름은 마치 작렬하는 인도의 더위와 같다. 호수도 오래 전부터 더 이상 서늘하지 않지만, 늦은 오후가 되면 매일 우리가 머무는 호숫가로 바람이 불어온다. 그러면 물의 파도 속에서 수영하고 난 다음에 맨 몸으로 바람 속에 서 있으면 상쾌해진다. 이 시기에 나는 자주 산 위에서 호숫가로 내려온다. 이따금 저녁 내내 그곳에 머물려고 스케치북과 수채화물감, 먹을 것, 그리고 담배를 함께 가지고 온다.

내려오는 길은 좁고 가파르게 아래로 이어진다. 정오부터 산 이 편으로 내리쬐며 작렬하는 햇빛에 맞서 내려가야 한다. 나는 얇은 린넨 옷을 걸치고서 뛰다시피 내려가는데, 도처에서 도마뱀들이 햇볕에 뜨겁게 단 수풀 속으로 뛰어 들어가고, 여기저기에는 벌써부터 몇몇 아카시아나무 가지가 금빛으로 누렇게 변해 있다. 모든 것이 타는 듯 이글거리고, 모든 것이 열기를 뿜으며 이미 죽음과 가을을 향해 가면서, 침묵하고, 기다리고, 메마르면서 머리를 숙이고 있다. 끓는 듯 더운 공기를 뚫고 나는 아래로 달려 내려가다가, 단단한 금잔화나무를 붙들고, 근처의 옥수수밭 위에 은빛으로 떨리는 대기를 바라보면서, 발꿈치에 모래와 돌이 묻은 것을 느낀다. 뺨과 독 위로 땀이 흘러내리는 것이 느껴진다. 아, 가을이 되고 겨울이 되면, 마지막 보라색 꽃들이 십일월의 풀 속에 파리하게 서 있을 때면, 첫눈이 헐벗은 언덕을 하얗게 덮을 때면, 나는 지금 이 시간이 얼마나 생각날까!

열기에 들떠 나는 나뭇잎들과 나무딸기 덩굴 사이를 지나 관목숲에서 나와 호숫가의 길을 향해 걸어간다. 담장이 있는 곳을 돌아가 물가에서 불어오는 향기와 물고기 냄새, 갈대 냄새를 맡는다. 키 큰 플라타너스 나무 아래와 짧고 굵은 자주빛 둥치 위에 낮게 피어 은빛으로 흔들리는 버들가지들을 지나 다채로운 호숫가를 따라 걸어간다. 반짝이는 자갈길 위로 푸른색과 진녹색 파도가 연이어 밀려오면서, 붉게 또는 오렌지색으로 물든 해안에 훑고 지나가다가, 돌무더기 쪽으로 휙 밀려가기도 하고, 떠다니는 막대기와 장난하기도 하고, 성긴 갈대들 사이에 부딪치며 바스락거리기도 한다. 수정처럼 파아란 수면 너머 연푸른 연무 속에 산들이 보인다. 더 멀리 있는 산일수록 좀더 밝고 잔잔한 색조를 띠고 좀더 잔잔한 생각의 향기를 품으며, 그 위로 높이 작열하는 태양이 떠 있다.

나는 배낭을 나뭇가지에 걸고 입고 있던 옷들을 성급히 벗는다. 뜨겁게 달궈진 자갈 위에 맨발로 서니 발꿈치가 견디기 힘들다. 얕은 물속으로 발을 들여 놓으니 대기처럼 따스하다. 먼저 물밖에 몸을 내밀고 수영을 하니 약간 서늘함이 느껴진다. 나는 더 깊이 물속의 검푸른 심연 속으로 몸을 넣었다, 등을 물 위에 대고 오랫동안 떠 있었다. 파도가 변덕스럽게 내 눈과 입 위로 철썩 철썩 스쳐가지만, 바람은 서늘하게, 천천히 나직한 소리를 내면서 불어와 숨 쉬는 내 피부에서 열기를 빨아들이고 있다. 나는 진정이 되어 물에서 나와 잠시 옅은 호숫가의 물위에서 뒹굴다가 훌쩍 뛰어 올라 태양 아래서 타오르는 모래 위에 몸을 던진다. 한 번 더 더워지고 다시 한 번 유희를 즐기려고 오랫동안 죽은 듯이 누워 있다. 두세 번 그렇게 즐기면서 내 몸을 그을렸다가 다시 시원하게 만들곤 한다. 삶의 온갖 열정, 온갖 고난과 온갖 매력이 이 유희 속에 반영되고, 달리다가 쉬는 것, 타오르다가 꺼지는 것, 미친 듯 질주하다가 느슨해지는 것, 그 모든 것이 반영되고 있다.

진한 피로가 내 영혼의 먼지를 씻어내고, 기억 속에서 근심을 불어 날려버린다. 몸을 쭉 뻗은 채 잔뜩 게으름을 피우며 나는 누워 있다. 더 이상 덮지도 서늘하지도 않고, 그냥 피로하다. 몹시 피로할 뿐이다. 이따금 새가 날개를 팔락거리는 소리, 물고기가 팔딱 튀어 오르는 소리, 더 강해진 바람이 갈대 사이로 쉭쉭 지나가는 소리가 들린다. 이따금 사람들이 말하고 웃는 소리, 물 튀기는 소리, 맨발로 모래 위를 달려가는 소리가 들린다. 여러 사람들이 내 머리 위쪽으로 지나간다. 근처 마을에서 사내아이들과 젊은이들이 수영하러 온 것이다. 나는 그냥 바라보다가 중얼거린다. 한 번은 잠시 동안 올려다보았다. 개를 이끌고 나온 멋진 젊은이가 거기에 있었다. 젊은 운동선수로, 강인하고, 잘 생겼으며, 갈색 피부를 띤 훌륭한 수영선수다. 검은 머리에 붉은 두건을 쓰고, 긴 털을 지닌 작은 개를 끌고 매일 나온다. 귀가 뒤로 처진 것이 일종의 스패니얼이 틀림없다. 그 젊은이는 마치 수달처럼 머리를 언제나 거의 물밑에 넣고서 헤엄을 치며, 그의 개는 어디로나 헤엄치며 그의 뒤를 따라 다닌다. 나는 그 젊은이의 뒤로 시선을 보내 그가 멀리 헤엄쳐 가는 것, 물속으로 가라앉는 것을 본다. 그의 개는 크게 짖으면서 그를 찾아다니다가, 아주 멀리서 그가 다시 헤엄쳐 솟구쳐 오르면 그 동물은 치근거리면서 물을 튀기고 그와 싸우듯 뒤엉킨다.

태양은 더 낮게 가라앉았다. 시간이 많이 지났는데, 아마 나는 잠이 들었던 모양이다. 몸을 일으켜 허벅다리에 붙은 작은 돌들과 조개껍질들을 물로 씻어낸다. 곧 있으면 허기가 느껴져 가야 할 것이다. 가파른 산길을 따라 집으로 돌아갈 생각하니 기분이 안 좋아진다. 그렇게 되면 다시 "집에" 돌아가 있고, 다시 세상과 시간 속에 머물게 되겠지. 저녁 식사가 기다리고 우편물이 와 있고, 신문, 편지들, 불필요한 편지들, 책들, 불필요한 책들, 그리고 온갖 쓰잘 데 없는 것들이 쌓여 있을 것이다.

꼭 그래야만 되는 것일까?

(「호숫가」 중에서, 1921년)

보석 같은 여름의 자취들

  요즘 며칠 동안 찌는 듯한 더위에도 불구하고 나는 종종 밖으로 나갔다. 이 아름다움이 얼마나 일시적이며 그것이 얼마나 빨리 작별을 고할지 나는 알고 있었다. 그 달콤한 성숙함이 얼마나 갑작스럽게 시들어 변해 버릴 수 있는지 나는 너무나 잘 알고 있다. 이 늦여름의 아름다움에 대해 나는 너무나 이기적이고 탐욕적이다! 나는 모든 것을 보고 싶을 뿐만 아니라, 모든 것을 느끼고, 모든 것의 냄새를 맡고 싶다. 이 충만한 여름이 내 오감에 제공하는 모든 것을 맛보고 싶다.

  나는, 갑작스러운 소유욕에 사로잡혀서 휴식도 잊었다. 또한 그것들을 다가오는 겨울날에도 보존하고, 심지어 나이가 들어서 까지 지니고 가기를 원한다.

  하지만 다른 때는 그다지 열정적으로 소유하고 싶은 마음이 없다. 나는 쉽게 소유욕을 버리고 쉽게 그것에서 벗어난다. 하지만 지금은 나 스스로 이따금 비웃었던 것들을 꽉 붙들고 싶은 열정에 사로잡혀 괴로워한다. 정원에, 테라스 위에, 탑 위의 풍신기(風信器) 아래에 나는 며칠간 몇 시간 동안이고 꼼짝 않고 앉아 있다.

그러다가 돌연 몹시 부지런해졌다. 연필과 펜, 붓과 물감을 들고서 나는 화려하게 피었다가 사라져 가는 이런 저런 것들의 풍요로움을 내 곁에 남기려고 애쓰고 있다. 정원 계단 위에 서린 아침 그늘을 힘들여 스케치한다. 그리고 굵은 참등나무의 뱀처럼 뒤얽힌 덩굴을 그리려 하고, 멀리 저녁의 산들에 감도는 유리 빛 같은 색채들을 베껴 그리려고 애쓰고 있다.

그것들은 가는 숨결처럼, 보석들처럼 빛나고 있다. 그러고 나자 나는 피곤해져서 집으로 돌아온다. 너무나 피곤하다. 내가 모은 잎사귀들을 저녁 때 내 화첩 안에 넣는다. 그러고 난 뒤에는, 그 모든 것들로부터 내가 기록하고 보존할 수 있는 것이 얼마나 적은지 보면서 슬퍼진다.

「여름과 가을 사이」 중에서, 1930년)

늦여름

아직도 늦여름은 날마다
달콤한 온기를 가득히 보내준다.
꽃송이들 너머
여기 저기 피곤한 날갯짓으로
흐느적거리며 날고 있는 나비 한 마리,
융단 같은 금빛으로 반짝인다.

저녁과 아침은 엷고 축축한,
아직은 미지근한 안개를 들이마신다,
뽕나무 사이가 홀연 밝아지더니
커다란 노란 잎사귀 하나,
부드러운 파아란 창공으로 날아간다.

도마뱀은 햇볕이 쪼이는 돌 위에서 휴식하고,
잎사귀들이 만드는 그늘 속에는
포도송이들이 숨어 있다.
마법 속처럼 매혹적으로 보이는 세상은

잠 속으로 꿈속으로
쫓겨난 듯,
너보고 그것을 깨우지 마라 경고한다.

그렇게 이따금 여러 장단과 박자로
음악이 울리다가 황금빛처럼 영원히 고정되다가,
마침내 깨어나 궤도를 따라
생성 변화하는 힘을 되찾아 현재로 되돌아온다.

우리 나이든 사람들은 격자 울타리
곁에 서서 수확을 하고,
햇볕에 그을린 우리의 손을 따스하게 쪼인다.
아직도 한낮은 웃고 있다. 아직도 끝나지 않은 채,
여전히 오늘 여기에서
우리의 기분을 어루만져주고 있다.

(1940년)

늦여름의 나비

나비들이 많아지는 계절이 왔다.
늦게 피어난 협죽초의 향기 속에서
느리게 비틀거리며 춤을 춘다.
나비는 소리 없이 파란 하늘에서 헤엄쳐 다가온다.
멋쟁이나비, 여우나비, 산호랑나비
은줄표범나비, 표범나비
수줍은 박각시나방, 붉은 곰나방
들신선나비, 작은멋쟁이나비.
화려한 색깔에, 모피와 비로드로 장식한 채,
보석처럼 현란하게 이리저리 떠다닌다.
화려하면서도 슬픈 듯, 말없이 몽롱하게
사라진 동화의 세계로부터 날아왔다.
여기서는 이방인이나, 낙원과도 같은
목가적인 들에서 찾아와 아직도 단꿀에 젖어 있으니,
우리가 꿈속에서, 잃어버린 고향처럼 바라보는
동쪽 나라에서 온 짧은 생명의 손님들이다.
거기에서 보내온 영혼의 사자들을 우리는

더 고귀한 삶의 사랑스런 담보처럼 믿는다.

모든 아름다운 것과 무상한 것,
너무나 부드럽고 넘쳐나는 것의 상징,
나이 많아진 여름의 왕이 벌인 축제에 온
황금으로 치장한 우울한 손님들!

한여름의 귀향과 나비

　화가는 한여름이 서늘해진 어느 날, 햇볕에 그은 얼굴
과 먼지 묻은 옷차림으로 그의 거칠었던 방랑생활을 접
고 고향에 돌아왔다. 기분이 좋아져 그는 소금기가 있는
골목을 지나고 시장 광장을 지나 고향으로 들어선 다음
에, 역시나 케케묵은 먼지가 내려 앉아 황폐해진 그의 집
을 찾아가 맨 먼저 짐 속에서 양철로 만든 식물채집 상
자를 꺼냈다. 이 상자 안의 공간은 두 부분으로 나뉘어
져 있었다. 한 쪽에는 떠돌이 여행자의 잠옷, 스펀지, 비
누 그리고 칫솔이 들어 있고, 다른 한 쪽에는 유리병, 코
르크, 종이 상자, 숨 뭉치 같은 비밀스런 것들과 다른 기
이한 도구들이 넘치도록 가득 들어 있었다. 그 사이에는
잘게 썰어 말린 사과 조각 몇 개를 끈으로 화관처럼 이어
놓은 것이 눈에 띄었다. 이 모든 물건들을 화가는 조심스
럽게 옆으로 내려놓은 다음에, 그의 외투와 상의의 가슴
속 포켓에서 여러 가지 작은 상자들을 마치 보석을 다루
듯 부드럽고 조심스럽게 손가락으로 꺼내서 하나씩 차례
로 열었다.

그러자, 그 상자들 속에서는, 여름 동안 돌아다니면서 거둔 포획물 전체가 가는 바늘에 끼워진 채 드러났다. 새로 잡은 몇십 마리의 나비들과 풍뎅이들이었다. 화가 라우텐슐라거는 바늘에 끼운 것들을 하나씩 조심성 있게 빼내어 감정하듯 눈앞에 대고 이리저리 돌려보다가 좀 더 다루려고 옆에다 놓았다. 그때 그 화가의 날카로운 시선에는, 고독하고 종종 성미 고약한 사람에게 있으리라고는 믿기 어려운 소년 같은 기쁨과 행복한 천진난만함이 감돌았다. 그리고 그의 마르고 빈정거리는 듯한 얼굴에는 마치 아침햇살처럼 선량함과 나직한 감사의 광채가 감돌았다. 진정한 예술가라면 어떤 종류의 사람이든 누구나 그렇듯이, 라우텐슐라거도 만족스럽지 못하고 희미하게 깜박이던 그의 삶의 모든 미로를 뚫고 하나의 길을 간직해 왔다. 그것은 언제든 한 순간이나마 자신의 어린 시절의 나라로 되돌아갈 수 있는 길이었다. 그 나라에는 모든 사람에게 그렇듯이 그에게도 아침의 광채와 모든 힘의 원천이 숨겨져 있고, 기도하는 마음이 없이는 그가 결코 발을 들여 놓을 수 없는 곳이었다.

그에게 있어, 생생한 나비의 날개에 용해되어 있는 매혹적인 색깔들과 황금빛으로 반짝거리는 풍뎅이의 등껍질은 기억의 열쇠로 낙원의 문을 열어주는 것들이었다.

그리고 그것들을 바라보자, 몇 시간 동안 그의 눈에는 소년 시절에 지녔던 신선한 감수성이 고맙게도 다시 찾아와 서렸다.

(「작은 도시에서」 중에서, 1906~07년)

화가의 기쁨

논밭은 곡식을 담고 있어서 돈이 든다.
목초지 주위에는 철망이 둘러져 있고,
삶의 욕망과 소유욕이 거기에 세워진다.
모든 것은 훼손되고 담장으로 막아졌다.

그러나 여기 나의 눈 속에는
사물들의 다른 질서가 들어 있다.
자줏빛으로 용해되고 보라색으로 군림하는 것들의
너무나도 천진무구한 노래를 나는 부른다.

노란색에 노란색을, 붉은색에 노란색을 덧붙이니
차가운 파란색이 분홍빛을 띤다!
빛과 색이 이 세계 저 세계로 떠다니며
사랑의 물결 속에 파도치고 소리를 낸다.

온갖 병을 치유하는 정신이 지배하고
새로 탄생한 샘에는 푸른빛이 감돈다.

새롭고 의미 있게 세계는 나누어지고
가슴속은 기쁨으로 밝아진다.

늦여름

다시 한 번, 여름이 시들기 전에
우리는 정원을 돌보려 한다.
꽃에 물을 주리라. 꽃들은 벌써 지쳐 있다.
곧 그것들은 시들 것이다, 어쩌면 내일 벌써.

다시 한 번, 세상이 또 다시
미쳐가고 전쟁으로 소란을 피우기 전에
우리는 몇 가지 아름다운 일에
기뻐하고, 그것들에게 노래를 불러 주리라.

(1932년)

여름의 무상함

여름 몇 달 동안 나의 주요 직업은 문학이 아니라 그림 그리는 일이 된다. 그래서 나는 시력이 허락하는 한, 우리가 사는 아름다운 숲가에 나가 밤나무 밑에서 경쾌한 테신의 언덕과 마을들을 수채화로 열심히 그렸다. 그곳에 대해 나는 십 년 전부터 이 세상에 그 누구도 나처럼 진심으로 잘 알고 있는 사람은 없다고 자부하고 있었다. 그리고 그때부터 나는 또 더 많은 것들을 더 자세히 알게 되었다. 나의 그림들을 모아 둔 화첩은 더 두꺼워졌다. 그리고 해마다 눈에 띄지 않게 슬며시 들판은 더 누렇게 변하고, 아침 이른 시간은 더 서늘해지고, 저녁의 산들은 더 자색으로 변하였으므로, 내가 칠하는 녹색은 점점 더 노란색과 붉은색을 섞어야 했다.

갑자기 곡식이 자라던 들판은 텅 비고, 붉은 땅은 적색과 보라색 안료가 더 필요했다. 그리고 옥수수밭들은 황금색과 연한 금발색으로 변했다. 늦여름의 청명한 날씨가 시작되고 가을이 오는 것이다. 나는 어느 계절에도 이때의 며칠 동안처럼 무상함의 소리를 느끼는 때가 없으

160

며, 일 년 중 다른 어느 때에도 땅의 색깔을 이때처럼 내 안에, 마치 고귀한 계절의 마지막 술잔을 마시는 술꾼처럼 그처럼 탐욕스럽게, 그리고 그처럼 조심스럽게 흡입하는 적이 없다.

나는 조금은 자부심을 갖고 있는 나의 그림 그리는 일에서 역시 약간 몇몇 성과를 거두기도 했다. 몇 장의 그림은 팔았고, 독일의 한 월간지는 어느 작가가 테신의 풍경에 대해 쓴 논문에 내가 삽화를 그리도록 허용했다. 나는 그 그림들의 인쇄본을 이미 보았고 화가에게 주는 보수도 받았다. 그러자 나는 어쩌면 문학에서 완전히 발을 빼고 더 공감이 가는 화가의 작업을 해도 운 좋게 그럭저럭 생계를 이어갈 수 있지 않을까 하는 생각을 즐겨 굴리곤 하였다. 며칠간은 좋았다. 그러나 즐겨 그림을 그리느라 눈을 너무 혹사해서 더 이상 그릴 수 없게 되자, 그리고 가을이 다가 오는 많은 신호들이 느껴지기 시작하자 불안이 나를 엄습했다. 만약 언젠가 나의 지금의 생활상태가 해체되기 시작한다면, 만약 내가 생활을 바꾸고 변화와 여행을 떠날 결심을 한다면, 더 이상 그것을 오래 기다리는 것은 무의미한 일이다.

(「뉘른베르크 여행」 중에서, 1925년)

색이 바랜 늦여름의 꽃들

사랑하는 친구여!

보기 드물게 특이한 날씨였던 올 여름도 끝나가지 않을 수 없겠지요. 이미 산들은 아주 청명한 형태로 바뀌었고 구월의 특징인 저 투명하고 감미로운 연청색을 띠고 있습니다. 아침이 되면 벌써 또 다시 초원은 무겁게 습기에 젖어 있고, 벗나무 잎사귀는 이미 연한 자주색으로 바뀌고, 아카시아 잎에는 황금색이 느껴집니다. 올 여름에는 심지어 당신이 계시는 마인 강 이북의 저 추운 나라들도 상당히 더웠으니, 여기 아래 남쪽에 있는 우리들도 추위 떨 필요가 없으리라고 생각하실 수 있습니다. 사람은 겨울보다는 무더운 계절에 통풍과 신경통을 덜 앓는다고 하는 저 그럴듯한 이론이 맞는다면, 올 여름에 저는 그야말로 잘 지냈을 겁니다. 유감스럽게도, 그 이론은 전혀 맞지 않는군요!

이제 더위에도 불구하고, 그리고 병을 앓으면서도 나는 올 여름을 잃어버리지 않았습니다. 나는 육체적인 고통으로도 파괴할 수 없는 저 행복을, 우리 같은 사람들에게는 최고이자 유일한 행복을 누렸습니다. 일을 하러 앉아 있고, 뭔가를 창조해 내고, 생산적으로 되는 행복 말입니다. 그러나 제가 지금 하고 있는 것이 어떤 종류의 일인지, 당신은 오늘은 듣지 못하겠지만 몇 년 후에 우리는 그것에 대해 이야기하게 될 겁니다.

나는 해마다 제법 정보를 얻은 신문에서 "우리의 위대한 극작가 X씨는 현재 라인 강변에 있는 그의 농장에서 희극을 쓰고 있는데, 그 소재는 등등……"이라고 전해주는 저 작가들에 대해 경탄과 부러움이 생깁니다. 그러나 만약, 내가 작업하고 있는 문학작품의 명칭과 내용에 대해 벌써 신문이 알고서 알리는 일이 발생한다면, 나는 작업하고 있던 원고 전체를 벽난로에 집어넣어 불태워버리고 말 겁니다. 어쨌거나, 몇 주일이나 몇 달 동안 나에게 소중하고 중요한 작업을 하다가, 돌연 그 매력이 떨어져서 하던 작업을 그냥 중단했다가 결국 없애버리는 일이 나에게는 어렵지 않게 일어나곤 합니다.

무더운 몇 주가 이렇게 나에게는 참을 만했고 수확도 없지 않게 지나갔습니다. 나는 멋진 것들도 몇 가지 읽었습니다. 그 중 가장 멋진 것은 어느 따사로웠던 팔월의 저녁에 평화롭게 슈티프터*의 『들꽃』을 다시 읽은 일입니다. 그리고 몇몇 새로운 책들도 나의 집에 수집되어 있습니다. 출판사들에서 보내 온 많은 소포들 중에서 남은 것들인데, 소장할 가치가 있는 좋은 책들도 몇 권 있습니다. 그 책 제목들을 들으면 당신은 나에게 고마워할 것입니다.[……]

서서히 저물어가는 여름 중 이 시기에는 공기가 사뭇 청명한데, 나는 그것을 "회화적"이라고 부르고 싶습니다. 만약 화가들이 "회화적"이라는 말을 쉽게 그릴 수 있는 것이라는 뜻으로 이해하지 않는다면요. 그러나 이 청명함은 그리기가 몹시 어렵습니다. 그래도 붓을 들어 그것을 극복해 훌륭하게 그려내고 싶은 무한한 욕구가 생깁니다. 왜냐하면 색채들이 결코 지금처럼 깊고 매력적으로 빛나는 힘을 가지 못하고, 그림자 또한 희미해지지도 않으면서 이처럼 부드러운 적이 없기 때문이지요. 그리고 또 자연 속에서 벌써 가을이 성큼 다가올 것이 예감되면서도, 아직은 실제 가을의 어딘지 눈부시면서도 단단한 색채가 주는 즐거움은 아직 시작되지 않은 지금보다 더 아름다운 색채들이 주어지는 때도 결코 없습니다. 그러나 정원에는 지금 일 년 중 가장 찬란하게 빛나는 꽃들이 피어 있습니다. 여기저기에 석류가 피고, 그 다음에

---

* 아달베르트 슈티프터(Adalbert Stifter, 1805-1868)는 오스트리아의 작가로 그의 작품 《들꽃》은 1841년에 출간되었다.

는 달리아, 백일홍, 과꽃, 매혹적인 후크시아가 핍니다!

그러나 여름과 이른 가을 색채의 즐거움을 전체적으로 드러내주는 것은 백일홍이지요! 이 꽃들을 나는 현재 늘 방 안에 두고 있습니다. 그것들은 다행히도 제법 보존이 가능합니다. 그래서 나는 그런 백일홍 화환 하나가 처음에 싱싱했을 때부터 시들 때까지 변화하는 모습을 행복감과 호기심의 감정으로 지켜보고 있습니다.

여러 가지 색깔의 백일홍 십여 송이가 처음 잘렸을 때처럼 건강하고 찬란하게 빛나는 꽃은 꽃의 세계에서는 없습니다. 그것은 빛을 받아 현란해지고 색채로 외치는 듯합니다. 종종 순진한 시골 아가씨들이 일요일에 입는 의상 색처럼 보일 수도 있는 눈부시게 밝은 노란색과 오렌지색, 타오르는 붉은 색, 그리고 가장 경이로운 붉은 자색, 이런 색들을 마음 내키는 대로 나란히 놓거나 서로 섞을 수도 있는데, 언제나 그것들은 아름다우며, 언제나 그냥 격정적으로 빛나기만 하는 것이 아니라, 서로를 받아주어 이웃이 되고, 서로를 자극하여 상승작용을 하기도 합니다.

사실 내가 당신에게 이야기하는 것은 아무것도 새로운 것은 아닙니다. 나는 마치 백일홍의 발견자인 것처럼 자부하는 것이 아닙니다. 그저 내가 이 꽃들과 사랑에 빠졌다는 것을 당신에게 알리는 것입니다. 그 사랑이야말로 오래 전부터 나를 엄습해 온 가장 기분 좋고 몸에 좋은 감정들 중 하나이기 때문이지요. 그리고 이 사랑은 어쩌면 좀 연로해져서 타오르는 것일지 몰라도, 이 꽃들이 시들 때에 조금이라도 약해지는 사랑은 결코 아닙니다! 꽃병 속에서 서서히 시들어서 죽어가는 백일홍을 보면서 나는 죽음의 춤을 체험합니다. 절반은 슬프고, 절반은 무상함에 대해 유쾌하게 동의하는 것입니다. 무상한 것이야말로 가장 아름다운 것이기 때문이고, 죽어가는 것 자체는 너무나 아름답고, 진정으로 피어나는 것이고, 너무나 사랑스러운 것일 수 있기 때문입니다.

한 번 피어난 지 열흘 쯤 되는 백일홍 화환을 한 번 바라보세요, 사랑하는 친구여! 그리고 그것이 그 후 일주일 동안이나 그 이상 색이 바라면서도 여전히 아름다운 모습인 것을 바라보세요. 매일 같이 몇 차례 제대로 자세히 바라보세요! 싱싱했을 때는 정말 현란하고, 환호를 지르고, 몹시 취한 듯한 색깔을 띠었던 이 꽃들이, 이제는 가장 피로하고, 가장 부드러우면서도 연하게 바랜 색깔을 띠는 것을 보게 될 것입니다. 그저께 보았던 오렌지색이 오늘은 '나폴리의 황색'*이 되었고, 내일은 옅은 청동색이 스민 회색을 띨 것입니다. 투박하고 쾌활해 보이는 청

적색은 서서히 연해지다가 그림자의 반대색으로 덮여갑니다. 지쳐가는 꽃잎 가장자리들은 구부러지면서 거기에 부드럽게 주름지면서 약한 흰색을 띠다가, 형언할 수 없이 감동적이고, 탄식하는 듯한 잿빛 분홍색을 보입니다. 증조할머니의 아주 빛바랜 실크 옷이나 오래되어 색이 바랜 수채화에서 볼 수 있는 색처럼 말이지요.

그리고 친구여, 꽃잎들의 아래쪽도 눈여겨보십시오! 꽃줄기가 꺾어질 때 갑자기 두렷하게 보이는 이 그늘진 쪽에서 바로 색채 변화의 유희가, 이 승천이, 죽어서 더욱 정신적인 것으로 넘어가는 화관 자체에서보다 더 향기롭고 어 놀랍게 완성되는 것입니다. 꽃들의 세계의 다른 데서는 발견하지 못하는 색채들이 여기에서 꿈을 꿉니다. 다른 때는 고산지역의 돌이나 이끼와 해조류의 세계에서나 발견할 수 있는 진기한 금속성과 광물성을 띤 색조인 회색, 녹색, 청동색 말입니다.

사랑하는 친구여, 당신은 그런 일들의 진가를 평가할 줄 압니다. 기품 있는 포도주의 특수한 향기나 아름다운 여인의 피부에 난 솜털의 유희의 진가를 잘 평가할 줄 아는 것처럼요. 나는 투박한 복싱선수보다는 더 섬세한 감

---

* 약간 밝은 색조의 적색을 띤 황색

각과 더 영혼이 담긴 체험을 할 가능성이 있으므로 당신에게서 감상적인 낭만주의자라고 웃음거리가 되지는 않겠지요. 그러나 우리 같은 사람은 적어졌습니다, 사랑하는 친구여, 우리는 사라져가고 있습니다. 사랑하는 친구여, 전축을 사용하여 그 음악을 들을 수 있고 엄청난 액수의 달러화 계좌와 강력한 자동차가 아름다운 세계의 조건이 되는 한 현대적인 미국인에게 한 번 시범적으로, 그러한 반(半)인간에게 예술과 꽃의 죽음, 분홍색이 연한 회색으로 변하는 것, 세상에서 가장 생생하고 파괴될 수 없는 것, 모든 생명과 모든 사랑의 비밀에 대해 함께 체험하라고 가르쳐 보십시오! 그들은 놀랄 것입니다.

「늦여름의 꽃들」 중에서, 1928년)

팔월 말

우리는 이미 포기하고 있었으나, 다시 한 번
여름은 그 위력을 되찾았다.
여름은, 점차 짧아지는 날들로 농축된 듯 빛나고,
구름 한 점 없이 작렬하는 태양을 자랑한다.

인간도 그의 삶의 끝에 가서는 이러하리라.
실망하여 은둔해 버렸다가,
갑자기 다시 한 번, 자신의 나머지 삶에
과감히 뛰어 들어 파도에 몸을 맡긴다.

사랑 때문에 자신을 낭비하든,
뒤늦은 일을 하려고 준비하든,
그의 행위 속에는, 그의 욕망 속에는
종말에 대한 그의 지혜가 가을처럼 맑고 깊게 울린다.

늙어가는 여름

여름은 늙고 지쳐서,
가혹한 손들을 내려뜨린 채
땅 위를 멍하니 바라보고 있다.
이제는 끝이다.
여름은 그 불꽃을 흩뿌렸고,
그의 꽃들을 태워버렸다.

모든 것은 그렇게 되어 간다. 결국에 가서
우리는 지쳐서 되돌아보며,
추위에 떨면서 빈손에 입김을 불어 넣고,
절망한다, 언젠가 행복이 있었던가,
언젠가 한 일이 있었던가, 라며.
우리의 인생은 먼 과거지사가 되고,
우리가 읽었던 동화처럼 희미해진다.

한때 여름은 봄을 쳐 없애고,
자신이 더 젊고 더 강하다고 알고 있었다.

이제 여름은 고개를 끄덕이며 웃는다. 요즈음
여름은 전혀 새로운 소망을 생각하니, 그것은
더 이상 아무것도 원하지 않고, 모든 것을 단념하고,
쓰러져서, 창백한 손을
차가운 죽음에 내맡기는 것이다.
더 이상 아무것도 듣지도 보지도 않고,
잠드는 것…… 소멸되는 것…… 사라지는 것이다……

죽음을 준비하는 여름

나에게는 넘치도록 풍요로운 선물이요 축제요 마음의
체험이었으면서도 또 고통과 일거리로 넘쳐났던 올해의
여느 때와 비교할 수 없는 여름은, 그 끝이 다가올 무렵
에 어딘가 그 다정하고, 관대하며 명랑했던 기분을 잃기
시작했다. 여름은 갑자기 우울해지고, 화가 나서 불쾌해
졌고, 사실 이미 싫증이 나서 죽음을 준비하기 시작했다.
밤에 아주 밝은 별들이 하늘에 떠 있을 때 잠자리에 들었
는가 하면, 이따금 아침에는 잿빛에다 지치고 병든 것 같
은 빛이 느껴지고, 테라스는 축축해져 있어 습기 찬 한기
를 내뿜었다. 하늘에는 느슨하고 형태 없는 구름이 골짜
기 깊숙이까지 내려 앉아 있어서 매순간이라도 새로 비
가 쏟아 부을 준비를 하고 있었다. 그리고 불과 얼마 전
만 해도 여름의 충만함과 여름의 확고함을 호흡했던 세
계는 가을과 부패와 죽음의 냄새를 불안하고 쓸쓸름하게
풍기고 있었다. 물론, 다른 때 같으면 이 계절에 아직도
작열하면서 진한 노란색을 띠고 있을 숲과 심지어 경사
진 풀언덕들은 아직도 진한 녹색을 유지하고 있기는 하

였다.

여름은 병이 들었다. 얼마 전까지만 해도 그토록 활기차고 믿음직했던 우리의 늦여름, 그 여름이 피로해지고 변덕스러워져, 슈바벤어*로 말하자면 '병들어 기분이 언짢아진다'. 그러나 여름은 아직도 살아 있었다. 이처럼 갑자기 느슨해지고 사라져가고 나빠지는 기분이 한바탕 휩쓸고 가면, 이어서 자신을 방어하고, 피어나면서 아름다웠던 엊그제로 되돌아가려고 애쓰는 것이었다. 그리고 다시 꽃피운 이 며칠 동안 — 때로는 단지 몇 시간 동안 — 은 특별히 감동적이고, 거의 불안할 정도의 아름다움과, 여름과 가을, 힘과 피로함, 삶의 의지와 나약함이 경이롭게 뒤섞여 변용된 구월의 미소를 띠고 있었다. 어떤 날에는 이 노쇠해진 여름의 아름다움이 서서히 멈춰가는 호흡과, 다해가는 기력과 싸우고 있었고, 지나칠 정도로 밝고 부드러운 빛은 주저하며 멀리 지평선과 산꼭대기까지 비쳤다. 그리고 저녁이 되면 세상과 하늘은 좀더 조용하고 고요하고 쾌활한 가운데, 서늘하게 청명해지면서 계속해서 밝은 날들을 약속하고 있었다. 그러나 하룻밤 사이에 모든 것이 다시 사라졌고, 아침이 되자 바람이 흠

---

* 독일 남부지방의 방언

뻭 젖은 시골 위로 심한 비를 휩쓸어 와 쏟아 내리고 있었다. 간밤에 약속으로 넘쳐났던 쾌활한 미소는 잊혀지고, 향기롭던 색채들은 휩쓸려 날아가 버렸다. 그리고 어제의 밝았던 용기와 승리에 찬 투쟁의 용기는 새삼 식어 피로 속으로 가라앉고 말았다.

(「가을의 체험」 중에서, 1952년)

회상

경사진 언덕에 들풀이 피어 있고
갈색 금잔화가 응시하고 있다.
오늘 누가 아직도 기억하고 있을까,
솜털 같은 녹색을
띠었던 지난 오월의 숲을?

오늘 누가 아직도 기억하고 있을까,
한때 그곳에 울렸던 지빠귀 소리와
뻐꾸기 소리를?
그처럼 매혹적이었던 것들은 이미
잊혀지고 소리도 사라졌다.

숲 속에서 있었던 여름밤의 축제,
저 산 위에 떠 있는 보름달,
누가 그것을 기록했던가?
누가 그것을 붙들어 두었던가?
모든 것은 이미 흔적 없이 사라졌건만.

너와 나에 대해서도 곧
아무도 모르고 얘기하지도 않으리라,
다른 사람들이 여기에 살게 되고,
아무도 우리를 아쉬워하지 않으리라.

우리는 저녁별과
최초의 안개를 기다리런다.
우리는 꽃피고 기꺼이 시들어 간다,
신의 위대한 정원 안에서.

팔월의 마지막 날들

아, 이 팔월의 마지막 날들이여! 그 날들은 즐겁게 해
주지는 못하지만, 감사하고, 온화해지고 생각에 잠기게
만든다. 마른 풀밭 위에 누워서 황금 같은 시간의 온화함
과 부드러움에 참여한다. 계절이 기울어가는 것이 느껴
진다. 성숙하고 달콤했던 여름 전체가 지친 듯 부드럽게
넘쳐흐르고, 고요한 찬란함에 둘러싸여 있는 느낌이 든
다. 그리고 동시에 우리는, 얼마 안 있으면, 너무도 빨리
길 위에 붉은 잎들이 떨어져 놓이게 되리라는 것을 안다.
이런 날들을 바라보고 있노라면, 마치 자극을 주는 화끈
한 음악을 즐기고 있는 것처럼 도취되지만, 그것이 갑자
기 중단되리라는 것을 알고 있다. 또한 그것은 우리를 간
절한 충동에 이끌리게 하지만 황급히 지나가는 박자들마
다 급속히 그 끝이 다가오는 듯한 두려움이 느껴지는 춤
을 즐기는 것과 같다.

숲 가장자리에서 벌어지는 옅은 갈색을 띤 그늘과 빛
들이 벌이는 유희는 더 부드럽고 더 내밀하다. 매끄러운
호수 수면 위에 펼쳐지는 무지개의 향기는 더 감미로우

며, 저녁 무렵은 더욱 황금빛이 되고 지는 태양은 여느 때보다 더 자줏빛으로 변한다.

(「가을의 시작」 중에서, 1905년)

사라져 가는 청춘

지친 여름이 머리를 숙이고
호수에 비친 자신의 퇴색한 모습을 들여다본다.
나는 지친 몸으로 먼지에 싸인 채
가로수 그늘 속을 배회한다.

포플러나무들 사이로 소심한 바람이 지나가고,
내 뒤의 하늘은 붉게 타오른다.
내 앞에는 밤의 불안과 어스름
그리고 죽음이 있다.

나는 피곤한 몸으로 먼지에 싸인 채 배회하고,
청춘은 머뭇거리며 내 뒤에서 걸음을 멈추고,
고운 머리를 갸웃거린 채
나와 함께 더는 앞으로 나아가려 하지 않는다.

시든 잎

모든 꽃들은 열매가 되려 하고
모든 아침은 저녁이 되려 한다.
영원한 것은 지상에 없다,
변화와 도주 밖에는.

가장 아름다운 여름도 언젠가는
가을과 시들어감을 느끼고 싶어 한다.
잎이여, 참을성 있게 조용히 있어라,
바람이 너를 날려 데려가려 할 때면.

너의 유희를 계속하고 저항하지 말며,
그냥 그대로 조용히 일어나게 하여라.
너를 꺾은 바람이
너를 고향으로 날려 보내게 하여라.

여름의 끝
(1926년)

　여기 알프스 산의 남쪽은 아름답고 찬란하게 빛나는 한여름이었다. 그러나 두 주일 전부터 날마다 나는 그 여름이 끝나 가리라고 은근히 불안을 느끼고 있었다. 그 불안은 내가 알기로, 모든 아름다움에 수반되는 은밀하고도 강한 향료 같은 것이다. 무엇보다도 나는 아주 나직하게 들려오는 뇌우의 전조가 두렵다. 팔월 중순부터는 어떠한 뇌우도 쉽게 변질되어 며칠 동안이고 지속될 수 있기 때문이다. 그러고 나면, 날씨가 다시 회복되더라도 여름은 끝나버리고 만다.

　바로 여기 남쪽에서는, 한여름도 그러한 뇌우가 한 번 찾아오면 기세가 꺾이고, 불길이 타오르며 파닥거리다가 삽시간에 소멸되어 버린다는 사실이 거의 불문율이 되어 있다. 그때, 며칠 동안 하늘에서 거칠게 몰아치던 뇌우가 지나가고 나면, 수천 번 내리치던 번개, 끊임없이 울리던 천둥의 합주, 미지근한 빗줄기가 미친 듯이 쏟아져 내리다가 스러져 지나가고 나면, 어느 날 아침 또는 오후에 기는 듯 늘어져 있는 구름들 사이로 서늘하고 부드러운 하늘이 모습을 드러낸다. 몹시 사랑스러운 색채를 띠고, 모든 것이 가을의 기운으로 가득 차 있으며, 풍경 속의 그늘은 조금 더 선명하고 짙어지며, 색깔을 잃고 윤곽은 뚜렷해진다. 마치 어제까지만 해도 건장하고 생기 넘치던 사람이, 나이 오십에 들어 병치레를 하고 고뇌와 실망을 겪고 나자 갑자기 얼굴에 잔주름이 가득해지고, 주름마다 풍화작용의 작은 흔적들이 서려 있는 것과 같다.

그렇게 여름의 마지막 뇌우는 무섭다. 죽음에 맞서는 여름의 투쟁, 필연적인 사멸에 대한 거센 저항, 그 고통스러운 광란, 자기 주변을 쳐가며 방어하는 것은 처절하다. 그러나 그 모든 것은 덧없으며, 몇 차례 광분하며 저항한 후에는 힘없이 소멸되어 갈 수 밖에 없는 것이다.

올해에는 한여름이 그처럼 거칠고 극적인 종말을 맞을 것 같지는 않다(물론 여전히 그럴 가능성은 있지만). 이번에는 온화하게 서서히 노년의 죽음을 맞고 싶어 하는 것 같다. 이 며칠 동안, 여름이 끝나가는 특이하고도 무한히 아름다운 모습을 나는, 산책을 하거나 그늘진 숲속의 주점에서 시골 식으로 빵, 치즈, 포도주로 저녁 식사를 하고 돌아오는 늦은 저녁때처럼 친밀하게 느껴질 때가 없다. 이러한 저녁들의 특징은 더위가 분산되고, 냉기와 밤이슬

이 조용히 그리고 서서히 증가하고, 여름이 끊임없이 이리저리 도망치며 자기를 방어하는 것이다.

해가 진 후에 두세 시간 길을 걸어가다 보면, 수많은 섬세한 대기의 파동 속에서 이러한 투쟁이 느껴진다. 그럴 때면 울창한 숲속의 덤불 어디에나, 골짜기 어디에나 낮의 온기가 아직 모여 웅크린 채, 밤새도록 질기게 생명을 지키며, 어디든 빈 공간을, 어디든 바람을 피할 장소를 찾는다.

저녁이 된 언덕 저편은 이 시각에는 그야말로 커다란 온기 저장고가 된다. 사방에서 밤의 냉기가 잠식하고, 땅이 움푹 꺼진 곳이면 어디든, 시냇물이 흐르는 곳이면 어디든, 아니, 걸어가는 사람에게는 온기가 감소하는 정도에 따라 어디든 삼림의 종류와 밀도가 분명하게, 아주 뚜렷하게 드러난다. 마치 스키 타는 사람이 산등성이를 질주하면서 땅의 모양, 산 구조의 솟음과 내림, 길이와 폭을 무릎을 굽혔다 폈다 지나가면서 순전히 감각으로 느끼는 것과 같다. 그래서 몇 번 연습한 뒤에는 활강하는 동안 이러한 무릎의 감각으로도 산의 모습 전체를 읽어내는 것처럼, 나도 여기 달도 없는 밤의 깊은 어둠 속에서 부드러운 온기의 파동으로 풍경의 모습을 읽어낸다.

나는 어느 숲속으로 들어간다. 세 걸음쯤 걷자 벌써 부드럽게 이글대는 난로와 같은 열기의 흐름이 빠르게 증가하면서 나를 맞는다. 이 열기가 숲의 울창한 정도에 따라 증가하고 감소하는 것이 느껴진다. 오래전부터 물이 말랐으나 그 끝부분의 땅에는 아직도 습기가 남아 있는 개울은 냉기를 사방으로 발산한다. 사실 어느 계절이든 땅이 다른 곳마다 기온도 다르지만, 한여름으로부터 초가을로 넘어가는 이 며칠 동안은 그것이 아주 강하고 뚜렷하게 느껴진다. 겨울에 헐벗은 산들에 걸린 저녁노을처럼, 봄에 대기와 수목에 가득 찬 물기처럼, 초여름에 밤을 수놓는 반디 떼처럼, 여름이 끝나갈 무렵 이렇게 독특하게 온도가 바뀌는 숲속을 지나 밤에 거니는 것은 정취와 삶의 감정에 아주 강하게 영향을 주는 감각적 체험에 속한다.

어제 밤에는 숲속 주점에서 집으로 가는 길에, 거기 성(聖) 아본디오 묘지로 향하는 골짜기 입구에서 초원과 호수 골짜기의 축축한 냉기가 얼마나 나를 엄습했는지 모른다! 기분 좋은 숲의 온기는 밀려나 아카시아나무, 밤나무, 오리나무 밑에 수줍은 듯이 웅크리고 있었다! 여름이 필연적인 죽음에 저항하였듯이, 숲은 가을에 맞서 저항하고 있었다! 인간도 그렇게, 자신의 여름이 가라앉을 때면 시듦과 죽음에 맞서, 세계에서 스며들어 오는 냉기에 맞서, 혈관으로 밀려드는 냉기에 맞서 저항한다. 그리고 새로운 애정을 가지고 삶의 조그마한 유희들과 음향에, 그 표면에 존재하는 소중한 수많은 아름다움에, 정겨운 색채에, 휙 스쳐가는 구름들의 그림자에 몰두한다. 미소를 지으면서도 불안한 채 덧없는 것에 집착하고, 거기에서 불안을 만들어 내고, 위안을 만들어낸다. 그리고 몸을 떨면서, 죽음을 맞이할 수 있는 기술을 배운다.

여기에 젊음과 늙음 사이의 경계가 존재한다. 어떤 사람들은 그것을 이미 사십 대나 그보다 더 일찍 넘어서지만, 어떤 사람들은 뒤늦게, 오십대나 육십대가 되어서야 그것을 느낀다. 그러나 언제나 같은 것이다. 삶의 기술 대신에 다른 기술에 우리는 더 관심을 가지기 시작하고, 우리 인격의 도야와 순화 대신에 그것의 축소와 해체에 전념하기 시작한다.

그러다가 갑자기, 하루 이틀 사이에 우리가 늙었다고 느끼게 되고, 젊은이의 생각과 관심, 그리고 감정이 낯설게 느껴진다. 바로 계절이 바뀌는 이 며칠 동안, 여름의 작렬과 소멸 같은 작은 민감한 광경들이 우리를 사로잡아 감동하게 하고, 우리의 마음을 놀라움과 전율로 가득차게 하고, 떨면서도 미소를 짓게 만드는 것이다.

어느새 숲도 더 이상 어제의 푸르름을 지니고 있지 않

고, 포도나무 잎사귀들은 노랗게 물들기 시작한다. 그중에서 포도알은 벌써 푸른색과 붉은색으로 변해 간다. 그리고 저녁 무렵에 산들은 보랏빛을, 하늘은 가을로 넘어가는 에메랄드 색조를 띤다. 그 다음에는 어떻게 될까? 그 다음에는 작은 술집에서 다시 저녁이 끝나갈 것이다. 아그노 호수에서 하던 오후의 수영도 끝날 것이고, 바깥에 나가 밤나무 밑에 앉아 그림 그리던 일도 끝날 것이다. 좋아하는 의미 있는 일로 되돌아가는 사람, 사랑하는 사람들에게 되돌아가는 사람, 어디든 고향으로 되돌아가는 사람은 좋을 것이다! 그런 것이 없는 사람, 이러한 환상이 깨어진 사람은 곧 추위가 시작되기 전에 침대로 기어들어 가거나 도망치듯이 여행을 떠날 것이다. 그리고 나그네가 되어 여기저기 돌아다니면서 고향이 있는 사람들, 남들과 함께 사는 사람들을 바라보고, 그들이 일하는 모습을, 몹시 애쓰고 고생하는 모습을 바라볼 것이다. 그리고 눈에 띄지 않게 다음 번의 전쟁이, 다음 번의 전복이, 다음 번의 멸망의 구름이 서서히 몰려오는 것을 바라볼 것이다. 오직 하릴없이 지내는 사람들과 믿음이 없는 사람, 실망에 찬 사람들에게만, 잃어버린 낙관주의 대신 가혹한 진실에 대해 작지만 온화한 노년의 애정을 지닌 노인들에게만, 그것이 보일 것이다.

우리 나이 든 사람들은 낙관주의의 깃발 아래 나날이 세계가 더 완성되어가는 것을 바라본다. 모든 국가가 점점 더 신과 같이, 점점 더 오류 없이, 점점 더 힘을 가질 권리와 공격할 권리가 있다고 느끼는 것을 바라보며, 예술과 스포츠 분야에서, 학문 분야에서 새로운 유행과 새로운 스타가 떠오르고, 이름들이 빛나고, 최고로 과장된 기사들이 신문에서 터져 나오곤 하는 것을 바라본다. 그리고 이 모든 것이 삶에 의해, 열기에 의해, 열광에 의해, 격렬한 삶의 의지에 의해, 도취되어 죽지 않으려는 의지에 의해 불타고 있는 것을. 테신의 여름 숲속에 이는 온기의 파동처럼 물결에 물결을 이루며 불타오르는 것을. 삶이라는 연극은 비록 내용은 없어도 영원하고 강력하며, 영원한 약동이고, 죽음에 맞서 영원히 저항하는 것이다.

다시 겨울로 들어가기 전에, 아직 우리 앞에는 좋은 일들이 많이 있다. 푸르스름한 포도알은 연하고 달콤해지고, 젊은 청년들은 추수하면서 노래 부르고, 색깔 있는 머리 수건을 쓴 젊은 아가씨들은 노랗게 물들어가는 포도나무 잎사귀들 속에 아름다운 들꽃처럼 서 있을 것이다. 우리 앞에는 아직 좋은 일들이 많이 있다. 오늘은 우리에게 쓰라리게 보이는 많은 것들도, 우리가 죽음의 기술을 더 잘 배우고 나면 언젠가는 달콤하게 느껴질 것이다. 당분간은 포도송이들이 익기를, 밤송이들이 떨어지기를 기다리자. 그러면서 다음에 뜨는 보름달을 또 즐기기를 바라자. 그러다 보면 눈 깜짝할 사이에 늙게 되더라도, 아직은 죽음이 아주 먼 곳에 있음을 보게 될 것이다. 어느 시인이 이렇게 노래한 것처럼.

노인들에게 멋진 것은
난로와 부르고뉴 산(産)의 붉은 포도주
그리고 마지막에 가서 평화로운 죽음 —
그러나 아직 오늘은 아닌, 훗날에!

이 책에 수록된 헤르만 헤세 수채화

헤르만 헤세의 삶과 작품

독일이 낳은 20세기의 대문호이며 시인이자 노벨상 수상 작가인 헤르만 헤세(Hermann Hesse)는 우리에게 많이 알려져 있고 실제로 우리나라에서 가장 많이 읽히는 독일 작가이기도 하다. 또 그는 독일 작가이면서도 가장 비독일적인 특성을 보여주는 작가이기도 한데, 그 이유는 여러 특성을 동시에 지니고 있기 때문이다.

그는 한편으로는 '독일의 내면성'을 그의 소설들 속에서 가장 잘 표현하고 있어 독일 최후의 낭만주의자로 간주되는가 하면, 또 한편으로는 동양 정신을 많이 알고 거기에 동조해온 작가이며 일반 독일인의 눈으로 볼 때는 아웃사이더이자 비정치적인 작가이기도 했다. 그의 작품들은 전체적으로 그의 자화상이라 할 수 있으니, 여러 편의 소설과 특히 많은 시와 수필을 썼지만 그 어떤 작품도 자신의 체험과 관찰을 토대로 하지 않은 것은 거의 없었다.

헤세는 1877년 7월 2일 독일 남부의 울창한 숲인 슈바르츠발트(흑림)가 있는 슈바벤(Schwaben) 지방의 작은 도시 칼브(Calw)에서 태어났다. 작은 계곡이 있고 자연 경관이 매우 아름다운 이곳은 헤세를 어려서부터 자연 속으로 이끌면서 그의 가슴속에 깊이 자리 잡았다. 그곳의 자연은 유년 시절부터 그에게 꿈과 예리한 관찰력, 그리고 인간과 자연의 근원에 대해 사색하도록 해주었다. 특히 이곳을 소재로 하여 자연과 청춘을 다룬 그의 초기 작품들은 젊은 세대에게 큰 인기를 끌었다. 그리고 훗날 나이가 들어서는 보통 밀짚모자를 쓰고 뜨거운 햇볕이 쪼이는 남쪽 지방을 홀로 배회하면서 소박한 농부나 정원사가 되어, 구름과 안개와 햇빛, 산과 호수와 같은 자연을 끔찍이 사랑하면서 시와 산문을 많이 쓴 서정적인 작가가 되었다.

유년 시절의 헤르만 헤세는 상상력이 풍부했으며 음악을 좋아하고 풀, 나무, 시냇물 등 자연에 애착을 가졌으나 아주 고집이 세고 반항심도 있었다. 그는 부모를 따라 1881년부터 스위스의 바젤(Basel)로 가서 살다가 1886년에 다시 칼브로 돌아왔다. 이처럼 어릴 적부터 독일과 스위스를 넘나들며 살았던 그는 결국 훗날 독일을 떠나 그리 어렵지 않게 스위스에 정착하게 된다. 칼브에 돌아온 후에 헤세의 어머니는 그를 열세 살 때인 1891년 가을에 신학자로 키우기 위해서 마울브론(Maulbronn) 신학교에 보냈다. 그러나 헤세는 열네 살 때인 1892년 3월 어느 날 갑자기 신학교를 탈출했으며, 그 후 다시 학교로 돌아갔으나 정신적으로나 육체적으로 이미 학업을 감당할 수 없을 정도로 지쳐 있어서 신학교를 포기했다. 다시 공부하려는 생각으로 1892년 11월에 칸슈타트(Cannstatt)의 김나지움에 1년간 다녔지만 역시 그곳의 주입식 교육과 규율, 속박을 견디지 못하고 결국 다시 그만두면서 그의 학교 교육은 끝이 났다.

짧은 학창 생활, 특히 마울브론 신학교 생활은 그로 하여금 학교 교육에 대해 몹시 부정적인 생각을 갖게 했다. 근본적으로는 자기주장이 강했던 그는 남보다 일찍 자기만의 길을 찾아가려고 갈구했는데, 그것은 바로 시인이 되려는 것이었다. 그는 훗날 쓴 〈요약한 이력서 (Kurzgefaßter Lebenslauf)〉(1925)에서 "내가 열세 살이 되던 해부터 한 가지 사실이 분명해졌다. 그것은 내가 시인이 되든가 그렇지 않으면 아무것도 되고 싶지 않다는 사실이었다."라고 밝혔다. 헤세는 마울브론 신학교에 만족하지 못하고 또 학업을 중단하고 말았지만, 그때의 체험을

나중에 그의 소설 『수레바퀴 밑에서(Unterm Rad)』(1906)
에서 아주 잘 묘사하였다. 고향 칼브로 되돌아온 헤세는
그 일에도 만족하지 못해 얼마 후 그 도시에 있는 페로
(Perrot) 탑시계 공장에 견습생으로 들어갔으나 약 일 년
동안 일하다가 그만 두고 열아홉 살 때 튀빙겐(Tübingen)
시로 가서 서점 점원이 되었다. 거기에서 그는 틈나는 대
로 독서할 기회를 얻어 많은 책을 읽었고 자유롭게 마음
껏 사색하면서 동양의 문화와 종교에 대한 관심을 가졌
다. 헤세의 외가 사람들과 어머니는 이미 인도에서 선교
를 하면서 기독교뿐만 아니라 불교와 노자에도 관심을
가졌기에 그 영향으로 헤세도 자연스럽게 여러 나라의
문화와 사상을 접할 수 있었다.

그 후 그는 틈나는 대로 습작을 하여 스물두 살 때 처
녀 시집 『낭만적인 노래(Romantische Lieder)』(1898)를 자비
로 출판했으나 호응을 얻지 못하다가, 후에 산문집 『자
정 뒤의 한 시간(Eine Stunde hinter Mitternacht)』(1899)을 출
간하였다. 1901년에 첫 번째 이탈리아 여행(피렌체, 제노
바, 피사, 베네치아 등)을 하고 8월부터 바젤의 바텐빌 고
서점에서 서적 판매원으로 근무했다. 그 해 가을에 『헤
르만 라우셔의 유작(遺作)과 시(Hinterlassene Schriften und
Gedichte von Hermann Lauscher)』를 발표했고, 1902년에는

어머니에게 헌정하는 『시집(Gedichte)』을 발표하였다. 이윽고 스물일곱 살 때인 1904년에 『페터 카멘친트(Peter Camenzind)』를 출판하여 큰 명성을 얻고 본격적으로 작가 생활을 하게 되었다. 풍부한 자연 감정과 서정으로 채색된 이 소설은 시민적이고 우수(憂愁)에 찬 감정을 바탕으로 하는 자전적 소설로, 처음으로 작가로서 그의 이름을 알린 출세작이 되었다. 그 해 그는 이탈리아 여행 중에 알게 된 자유 사진작가이자 피아니스트인 마리아 베르누이(Maria Bernoulli)와 결혼하여 독일 남서부의 보덴(Boden) 호수 근교의 작은 마을 가이엔호펜(Gaienhofen)으로 이주했다. 그녀는 그보다 아홉 살이나 연상이었다.

헤세는 자유 작가로 생활하면서 한편으로 여러 신문과 잡지에 기고도 하고, 그의 주요 장편소설인 『수레바퀴 밑에서』(1906)와 음악가를 소재로 한 소설 『게르트루트(Gertrud)』(1910)를 발표했다. 『수레바퀴 밑에서』는 작가 자신이 신학교 시절에 겪은 괴로운 체험이 반영되어 있는 소설로 규율과 전통에 매인 고루한 시민 사회와 싹터 오르는 소년들의 자유분방함과 창조적인 재능을 짓밟고 의무만 강요하는 비인간적인 교육제도를 비판하였다. 가이엔호펜에서 작품 집필에 열중하던 헤세는 자유분방한 기질이 다시 발동하여 이 생활에 싫증을 느꼈다. 부인

과도 불화가 생기자 그는 1911년 서른네 살에 인도 여행을 떠나기로 결심하고 실론(인도 남쪽의 작은 섬), 수마트라 등지를 방문했으나, 당시 유럽의 식민지로 전락한 동양은 그가 상상하던 것과는 거리가 멀었으므로 이에 환멸을 느낀 그는 곧 귀국해버렸다. 귀국 후인 1912년에는 독일을 떠나 스위스 베른(Bern)에 거처를 정하고 다시 작품 집필에 몰두했다. 그리고 1913년에 동방여행기 『인도에서(Aus Indien)』를 출간하였다. 이후에 그는 연속해서 화가 부부의 파국을 다룬 소설 『로스할데(Rosshalde)』(1914), 신작 시집 『고독자의 음악(Musik des Einsamen)』(1915), 그리고 세 개의 단편으로 이루어진 서정적 단편집 『크눌프(Knulp)』(1915) 및 『청춘은 아름다워라(Schön ist die Jugend)』(1916) 등 청춘문학의 명작들을 발표했다. 특히 『크눌프』에서는 고독한 방랑자의 모습을 빌어 자유와 자연을 사랑하면서 생에 충실하다가 병에 걸리는 주인공이 등장한다. 마지막에는 입원해 있던 병원에서 뛰쳐나와 눈 덮인 산길을 헤매다 피를 토하면서 쓰러진 주인공은 그곳에서 죽어가면서 결국 자연과 신과 세계와 자기의 생과 화해하고 만족한 표정으로 눈을 감는다.

1914년에 제1차 세계대전이 발발하자 헤세는 포로가 된 독일병을 위문하기 위해 자진해서 문고와 신문을 편집하는 등 헌신적으로 일하면서 또 한편으로 반전(反戰) 운동을 벌이기 시작했다. 이에 본국 독일로부터 배신자로 낙인 찍혀 탄압을 받았다. 결국 전시 봉사로 육체적·심적 과로에 지친 그는 부친도 사망하고, 아내의 정신병이 악화된 데다 막내아들 마르틴이 병에 걸리는 등 집안에도 여러 어려운 일이 겹치면서 극도로 신경이 쇠약해졌다. 이에 헤세는 1916년 봄부터 한 달 정도 스위스의 유명한 분석심리학자인 칼 구스타프 융(Carl Gustav Jung)의 제자인 요제프 랑(Josef Bernhard Lang) 박사를 찾아가 심리분석 요법으로 개인적인 치료를 받았다. 심층심리학에 대한 이야기를 나누었고, 또 스스로 그 이론을 연구하여 이를 그의 나중에 그의 대표작이 된 소설 『데미안(Demian)』(1919)에 반영하며 쓰기 시작했다. 그리고 융의 꿈 이론의 영향을 받은 헤세는 또 자신의 꿈속에서 '막스데미안'이라는 인물을 만나 그를 구체적으로 형상화하면서 소설을 썼다. 세계대전으로 서구 정신과 사상의 한계와 몰락을 체험한 헤세는, 그동안 서구를 지켜왔던 기독교적인 사상과 그 윤리만으로는 부족함을 깨닫고 이때부터 서구 사상의 독단에서 벗어나 다른 해결의 길을 모색한다. 그것이 바로 '내면으로의 길'이며 헤세는 이 과정을 융의 정신분석 이론이 보여준 동양 사상과의 접목을 통해서 찾아가게 된다.

제1차 세계대전이 막바지에 이른 무렵인 1917년, 헤세는 안팎의 동요가 격심하던 시기에 조국 독일이 아닌 스위스 베른에서 살았다. 거기서 자신이 시련과 고뇌 속에서 깨달은 내면으로의 길을 가기 위해 창작에만 열중하여 9월과 10월 두 달 동안 집중해서 소설 『데미안』을 집필하여 전쟁이 끝난 후에 '에밀 싱클레어'란 익명으로 발표했다. 자기 탐구의 길을 개척한 이 작품에서는 주인공이 이를 극복하고 청년으로 성장해가는 모습을 그리고 있다. 이 소설은 제1차 세계대전 직후 패전으로 말미암아 혼란에 빠져 있던 독일의 청년들에게 깊은 감명을 주었으며 문학계에도 큰 반향을 불러일으켰다. 헤세는 당시 전후에 정신적·육체적으로 피폐해진 나머지 나아갈 방향을 잃고 혼란스러워하는 독일 젊은이들에게 주인공 데미안을 통해 형상적으로 삶의 방법을 제시하려고 했다.

1919년에는 단편소설집 『작은 정원(Kleiner Garten)』과 『동화집(Märchen)』을 출간하였다. 그는 아내와 아이들을 두고 베른에서 테신(Tessin) 주(州)의 몬타뇰라(Montagnola)로 혼자 이주하여 카사 카무치(Casa Camuzzi) 별장에서 살기 시작하면서, 1920년에 단편집 『클링조어의 마지막 여름(Klingsors letzter Sommer)』을 출판하고 수채화를 곁들인 여행소설 『방랑(Wanderung)』을 발표하였다. 1921년에는 『시 선집(Ausgewählte Gedichte)』을 출간하고 또 『테신에서 그린 수채화 11편(Elf Aquarelle aus dem Tessin)』을 발표하였 다. 뒤이어 나온 소설 『싯다르타(Siddhartha)』(1922)에서는 한 걸음 더 나아가 인도의 불교 세계에서 자아의 절대 경 지를 탐구하는 과정을 그리고자 했다. 『싯다르타』는 헤 르만 헤세가 초기의 몽상적 경향을 탈피하고 소설의 무 대를 본격적으로 동양으로 옮겨 내면의 길을 탐색한 작 품이다. 이처럼 헤세는 여느 독일 작가와는 다르게 동양 과 서양을 서로 배격하지 않고 하나로 보면서 그 안에서 적극적으로 해답을 찾으려 한 작가였으므로 우리 같은 동양의 독자들에게서 많은 공감을 사고 있는 것이다.

헤세는 1923년에 영원히 스위스 국적을 얻은 후에 아 내와 이혼하자마자 스위스 여성과 결혼했으나 얼마 안 가 또 헤어지면서 정신적·육체적으로 매우 힘든 시간을 보냈다. 그는 여전히 자신의 내면에서 겪고 있던 고통과 좌절에 대한 감정을 소설 『황야의 이리(Der Steppenwolf)』 (1927)에서 묘사했다. 이어서 신학자로서 지성의 세계에 사는 나르치스와 여성을 알고 애욕에 눈이 어두워져 방 황하는 골드문트의 우정의 과정을 다룬 『나르치스와 골 드문트(Narziß und Goldmund)』(1930)를 출판했는데, 이 소설은 헤르만 헤세에게 다시 한 번 큰 명성을 가져다주었다. 1931년에 그는 만년의 대작이 되는 장편소설 『유리알 유희(Das Glasperlenspiel)』의 집필을 시작하였다. 그리고 체로노비츠 출신의 니논 돌빈(Ninon Dolbin, 1895~1966)과 세 번째 결혼을 했고, 화가 친구인 한스 C. 보드머(Hans Bjodmer)가 지어 평생토록 살게 해준 몬타뇰라의 새 집으로 그녀와 함께 이사하였다. 그는 1932년에는 『동방 순례(Die Morgenlandfahrt)』를 출간했고, 1933년에 단편집 『작은 세계(Kleine Welt)』를 발표하였다. 특히 몬타뇰라(Montagnola)의 새집에서 산 이후에는 많은 시들을 썼는데, 1934년에 시선집 『생명의 나무에 대하여(Vom Baum des Lebens)』를, 1936년에는 전원시집 『정원에서 보낸 시간들(Stunden im Garten)』을 발표하였다. 그리고 1937년에는 『회고록(Gedenkblätter)』과 『신 시집(Neue Gedichte)』을 발표하였다. 독일에서 나치스 정권이 집권한 이후부터는 그 탄압으로 독일 내에서 헤세의 작품들이 몰수되고 출판이 금지되었으므로 그의 작품들은 스위스 취리히에서 출판되었다. 1943년에 만년의 대작인 『유리알 유희』가 취리히에서 출간되었다. 20세기의 문명 비판서라할 수 있는 이 소설로 헤세는 작가로서의 명성을 확고하게 다졌다. 1944년에는 독일 비밀경찰이 헤세 작품을 독일에서 출판하던 출판업자 페터 주어캄프(Peter Suhrkamp)를 체포하였다. 그러나 헤세는 이에 굴하지 않고 이듬해인 1945년에 단편들과 동화 모음집인 『꿈의 여행(Traumfährte)』이 취리히에서 출간하였다. 독일이 제1차, 제2차 세계대전을 치르던 가장 어려운 시기에 작품활동을 한 헤세는 양면적 고뇌를 겪으면서 독일의 상황에서 벗어나 자연에 침잠하여 조화와 이상을 추구했다. 깊은 통찰력과 감미로운 서정적인 필치로 그는 전쟁에 의해 몰락해 가던 독일과 유럽 문명에 동양 세계와 자연 세계로의 접근을 통해 새로운 희망과 생명을 부여하려고 끊임없이 노력했던 작가였다.

제2차 세계대전이 끝나자 1946년부터 헤세는 다시 독일에서 책이 출판되었고, 독일 프랑크푸르트(Frankfurt)시(市)가 주는 괴테 문학상을 수상했으며 이해 11월 14일에는 노벨문학상을 수상하였다. 이후에도 그는 작품 활동을 계속해 1951년에는 『후기 산문집(Späte Prosa)』과 『서간집(Briefe)』을 발표하였고, 계속 알프스 산간 마을 몬타뇰라에 칩거하여 스스로 경작하고 영원한 은둔주의자와 방랑자로 살면서 전원시 등 많은 작품을 계속해서 썼다. 그리고 나이가 들어가면서 점점 더 서정적으로 변하여 챙이 큰 둥근 밀짚모자를 쓰고 호미와 바구니를 든 소박한 정원사, 또는 흰 구름과 안개와 저녁노을, 산과 호수를 좋아했던 시인, 그리고 동양의 정신을 이해하고 거기에 심취했던 인물로서 세계 어느 작가보다도 우리에게 친숙하고 잘 알려진 작가가 되었다. 이처럼 서정성이 짙은 작가이면서도 또 한편으로 문명에 찌든 독일인들에게 낯설면서도 동경을 불러일으키는 동양적인 세계를 묘사하여 독일의 많은 청소년들에게 여행과 방랑과 모험, 자연에 대한 향수를 일으켰던 그의 작품들은 많은 독일인들뿐만 아니라 우리 같은 동양인들에게도 끊임없이 읽히고 사랑을 받아왔다.

헤세는 마침내 여든다섯 살이 된 1962년에 몬타뇰라의 명예시민이 되었으나, 그해 8월 9일 뇌출혈로 몬타뇰라에서 아침에 세상을 떠나 이틀 후에 성 아본디오(St. Abbondio) 교회 묘지에 안장되었다. 아내 니논 헤세는 12월 8일에 베른에 있는 스위스국립도서관을 방문하여 헤르만 헤세의 유고집을 그곳에 보관하기 위한 의논을 하였다. 헤세는 사후에도 작가로서의 명성을 계속 유지하였으며 특히 1970년대부터 그의 인기는 오늘날 독일을 넘어서서 전 세계로 퍼져 나가 오늘날까지 계속되고 있다.

이번에 출간하게 된 헤세의 시집이자 산문집인 『봄』, 『여름』, 『가을』, 『겨울』은 위에서 소개한 헤세의 여러 시집과 산문집, 소설 등에서 각각의 계절과 관련되고 그의 자연관을 잘 표현해 주는 내용들을 선정하여 엮는 것이다. 헤세는 스위스의 산골 마을에서 생활하는 동안 작품을 쓰고 정원을 가꾸고 하는 일 외에도 취미와 심리적 병 치료를 위해 많은 수채화를 그렸는데, 그 작품들 가운데 일부도 여기에 함께 실었다. 우리는 앞서 헤세의 삶과 작품들에 대해 간략하게 살펴보았듯이, 그의 삶이 결코 평탄하지 않았으며 평생 현실과 이상 사이에서 갈등을 겪고 많은 고통을 겪었다는 것을 알 수 있다. 그럼에도 불구하고 그는 '자연'을 잊지 않고 고난에 처할 때마다 자연으로 돌아가서 거기에서 해답을 찾으려고 끊임없이 노력한 덕분에, 결국 마음과 몸의 병을 치유하고 자연 속에서 평화를 느끼면서 살고 또 작가로서도 성공을 거둘 수 있었다. 우리는 여기에 실린 그의 잔잔하고 포근한 시와 산문들을 읽으면서 헤세의 인생관과 자연관, 예술관, 그리고 인품을 충분히 느낄 수 있을 것이다. 그리고 그가 우리에게 전달하려고 애썼듯이, 우리가 삶 속에서 느끼는 모든 고통과 절망은 결국 자연을 바라보고 이해하고 거기에 우리의 마음을 두었을 때, 우리의 삶에 대한 해답을 찾게 되고 고통을 벗어나 의연해지고 평화로워질 수 있다는 것을 알게 될 것이다.

이제 독자분들께서는 마음의 여유를 갖고 헤세의 시와 산문집 『봄』을 시작으로 『여름』, 『가을』, 『겨울』을 차례로 읽으면서 헤세가 절묘하게 묘사한 각 계절의 느낌을 함께 느껴갈 수 있기를 바란다.

2017년 봄, 두행숙

헤르만 헤세, 여름

지은이 | 헤르만 헤세
옮긴이 | 두행숙

펴낸곳 | 마인드큐브
펴낸이 | 이상용
책임편집 | 홍원규

출판등록 | 제2018-000063호
이메일 | viewpoint300@naver.com
전화 | 031-945-8046
팩스 | 031-945-8047

초판 1쇄 발행 | 2017년 6월 26일
개정판 1쇄 발행 | 2023년 8월 21일

ISBN | 979-11-88434-71-8 (03850)